本书出版受到西北民族大学学科建设基金支持

骆蹄梦痕

云合雾集岁月匆 · 三十春秋磨一针
田野 · 舌耕 · 编后疾书存片

郝苏民 ／ 著

中国社会科学出版社

图书在版编目（CIP）数据

骆蹄梦痕 / 郝苏民著. —北京：中国社会科学出版社，
2014.6

ISBN 978-7-5161-4255-4

Ⅰ.①骆… Ⅱ.①郝… Ⅲ.①随笔—作品集—中国—
当代 Ⅳ.①I267.1

中国版本图书馆CIP数据核字(2014)第090994号

出 版 人	赵剑英	
责任编辑	王 斌	
责任校对	王桂芳	
责任印制	王 超	

出 版	中国社会科学出版社	
社 址	北京鼓楼西大街甲158号（邮编 100720）	
网 址	http://www.csspw.cn	
	中文域名：中国社科网 010—64070619	
发 行 部	010—84083685	
门 市 部	010—84029450	
经 销	新华书店及其他书店	

印 刷	北京市大兴区新魏印刷厂	
装 订	廊坊市广阳区广增装订厂	
版 次	2014年6月第1版	
印 次	2014年6月第1次印刷	

开 本	880×1230 1 / 32	
印 张	8.5	
插 页	2	
字 数	218千字	
定 价	38.00元	

凡购买中国社会科学出版社图书，如有质量问题请与本社联系调换
电话：010—64009791

序　言

　　郝苏民兄发来一封邮件，是他刚刚编好的随笔集《骆蹄梦痕》的文稿。附言说是为自己即将到来的生日准备的一份礼物，要我为之写序。细细琢磨他所拟定的书名，不期然地就想到了"不待扬鞭自奋蹄"的诗句，也就从中多少读出了他的苦心：他把自己比作一匹终年在漫漫沙洲里负重跋涉、不辞劳苦的老骆驼。以骆驼自况，对他言，真是再贴切不过了。

　　苏民的这一束随笔，乃是这个朔方回民之子，如今堪称是民族传统文化、人文学术净土守护者的"尕老汉"，从 1986 年起主持《西北民族研究》学刊以来至今 30 年期间未曾间断、以每期一篇"卷头语"的形式和文体留下来的一串串脚印。碰巧的是，文章凡 77 篇，而其人正逢 77 岁！意味何其深长！

　　随笔者，是社会和历史所需要与养成的一种散文形式。作者对世事、人事、文事、学事有感而发，题材随时捡拾，一鳞一爪，尽收笔下，抒情、叙事、评论，兼有而不拘一格，篇幅短小却不避锋芒，语言灵动而不乏犀利。我做过多年的刊物编辑，在我漫长的编辑生涯和阅读历史中，曾经形成一种不足为人道的私人看法，即：好的随笔并非一定出自作家之手，倒是一些从事学术研究的人，不论是从事人文社会科学研究的人，还是从事自然科学研究的人，他们所写的一些随笔，往往更有一般人难以企及的思想深度，文章也就自然更有嚼头。郝苏民的"卷头语"随笔，也许就属于这一类吧。

我一生中的大多数时间也是吃编辑这碗饭过来的，在这一行里，见的、看的、接触的、经历的，可说是无计其数，但像苏民兄这样能连续在一家学术期刊的主编位子上一干就是三十年的人，却着实并不多见。无疑他是一个例外，也算得上是个幸运儿。君不见，他主持这本学术期刊的岁月，跨越两个世纪，其时正遇上中国经历着改革开放，西部大开发、大发展蓬勃推进，信息化、城镇化闹得沸沸扬扬，热气腾腾，也就是说是中国社会发生巨变的三十年。随着社会的转型，从计划经济到市场经济，价值观念或明或暗地被颠覆与改易，理想精神被消解甚至沦丧，社会问题层出不穷，分配悬殊导致的民生问题不期而至，拜金主义侵蚀日烈，学风不正、道德失范日见凸显，而以改造和推动社会进步、坚守学术道德和治学正气、发扬人文精神和抵制物质主义为己任的苏民，他的那支笔，从一开始就没有仅仅限定在纯学术问题和圈子里的学风问题上，而是时不时地把自己的视野和目光扩展到了全社会，抓住一点，生发开来，直抒胸臆，抨击现实，发扬正气，指斥邪恶。于是，如我们看到的，这样的人文精神和思想追求，几乎渗透在每一篇篇幅短小、文风轻松、甚至不大像刊物"卷头语"的随笔里。他的这些文字，也许并非篇篇都是精致之作，但最大的特点是与学院式的、书生气的玄论无缘，既非锈迹斑斑的旧八股，也不是花里胡哨的洋腔调，而是以治学者的视角、思想者的理性、随笔家的穿透力、"尕老汉"的幽默感，给社会和读者"存下了那一段世象、那一片儿生活、那霎时一角世情、一瞬间的心态或半屡思绪的残影"。对于一个随笔作者来说，我想，做到了这一点，也就足够了。

苏民兄半生坎坷，是改革开放给他的命运带来了转机。跌宕艰苦的人生境遇把他塑造成了一个出色的蒙古学家。他的学术贡献，主要在人类学、民族学、民俗学等领域；近十年来，在西北诸民族的传统文化（非物质文化遗产）保护方面，贡献良多。而《骆蹄梦痕》不过是他人生著述的"另类"。苦难是智慧的摇篮。这部"另类"之作，也许比那些冷冰冰的学术著作，更多更深地显示出他的人生底色——人格。作为同庚老友，我写下上面这些文字，以表示我对这本书出版的祝贺。

刘锡诚

2013 年 6 月 23 日于北京

目录 Contents

乐本苦中品人生
——代自叙

（1）

在大西北各族群民众尤其甘、青城乡平民百姓中（也波及六盘山、新疆昌吉、伊犁等），流行一种惯用汉语河湟方言（即甘肃河州、青海海东一带地区）或模仿其方言吟唱的民歌，常常是联手们（友众）休闲场合相聚嬉戏时表演，亦名"酒曲"《一个尕老汉》谓之。首段歌词是：

> 一个（么就）尕老汉哟哟
>
> 七十七（来么）哟哟
>
> 再加上四岁者（叶子儿青哟）
>
> 八（呀）十一（来么）哟哟——

既唱且演，伴有相互挑逗性鬼脸或即兴约定的体语：叉腰耸肩、手势示意等，以顿拍、节奏协调彼此动作，滑稽戏谑，放怀无羁，气氛轻松活跃，全图一个淋漓、痛快！

试想想看：歌词里明明都自报是77岁老头儿了，却毫不忧心，更无酸文人们"七十古稀"的故作哀叹；也没有那种动不动就作势矜持，以示老成持重的摆活；此时却要摇头摆尾，忘我如痴，期盼着"再加上四岁者……"反而是"叶子儿青"，并非"黄花"、"老朽"之类！这里既没有丝毫对岁月维艰的凄凄惨惨戚戚，更没有装腔作势的豪言壮语以呈北方猛士的傻愣。实在是昔日穷乡僻壤/闭塞土冒之漠北百姓们生存智慧的真面显现：身苦不为苦，世苦心不苦。这还不是热爱生命、悠然生存态度的写真吗！这是一种黄土风格：虽似默默无闻、淳朴如土，但绝非苟且偷生！它是无华似水，又能"相忘于江湖"（庄子），散漫平凡而自在得伟大！且更如沙漠胡杨：生命之于大自然，乃张力本真的细语！这"细语"，是于无声中听惊雷，豪迈得粗犷。

今年吾亦古稀又七龄，可属正宗朔方"尕老汉"一个。脑袋里惯性地涌现出蒙古语里"七"、"七十"数字犹如汉语"九"、"九十九"一般神秘，含极数"无限"义；如"dalan hudalqi"，不可逐词死译为"七十个谎言者"，而是"弥天大谎"、"说谎大王"的概念。

"文革"后，余际遇主编《西北民族研究》，打"卷头语"名号逐期"随笔"恰达77篇。日前跟友好与门生侃起，皆认此双重"七七"数实乃意味深妙，何止蒙、藏、维吾尔、哈萨克，亦是东乡、裕固、保安、土、撒拉各族语言共存类似之古典寓意。遂听言从计而辑之，成本册所收正文，自1986年6月至2013年5月，历时三十春秋矣，岁月短也不短。

然某社编辑云，提往昔存"隔膜之感"，不适合……出版！是吗？吾亦一小刊编辑有年，愚则以为，"往昔"是空间生命跃动的往复，群体生活场景的演绎，也是时间的轮回链接，因而常常也是历史因果的轨迹而导致惊人的相似重现。这仅指本体而言，便有轻易忘记过去，无能体味今天发展的必然！况且，十多亿中国人"十年动乱"甫一结束的余声犹存；更要记着早在 1949 年始已把那些为"资产阶级"服务的社会学、人类学等学科"斩草除根"了！来龙去脉而重新抬步何止一个"表述危机"（srisis of representation）了得；难道我们能相信，有意忘却"噤若寒蝉"的历史，就自然生产出了实现中国梦的意志吗？长大了，再装嫩就不太那么憨得可爱了，有可能是老得可憎！据悉当 1981 年中共中央作出《关于建国以来党的若干历史问题的决议》后，1988 年哈佛大学费正清中心名教授就开设了"文化大革命"课。时至今日，中国的我们反而该忘记邓小平的嘱咐："'文化大革命'同以前十七年中的错误相比是严重的、全局性的错误。它的后果极其严重，直到现在还在发生影响。说'文化大革命'耽误了一代人，其实还不止一代。它使无政府主义、极端个人主义泛滥，严重地败坏了社会风气。"（《邓小平文选》第二卷，第 302—303 页）

今蓦然回首方知也。所谓"塞翁失马"之"塞翁"者，原本即指今北方"孬老汉"，正是"自我"之典！当然，"安知非福"云，确不失边塞"非福"之一的"乡野文化本相"焉。故此，在下也应慰藉而安，知感信仰不舍；原来，西域阿凡提们倒骑驴之俗，竟与中原口内"八大仙人"张果老倒骑驴属一文脉！好一个"美美与共"的历史"蹊跷"而"奇巧"。

悦度人生漫漫路，民间自有大智慧！遗它憾之何有？足矣！阿哥的联手、哥儿们呐，您说，中国各民族百姓们大部分不也是从互动的历史里一起滚出来的嘛！

（2）

本册封面上用了"三十春秋磨一针"语句，当然不指册中每篇所写都是三十年磨一"剑"的意思。只想说，这捆儿绝非洋洋大观的"呓语"，或许该称"梦笔"、"幽记"，是"随笔"、"随感"、"杂文"，抑或西北土语谓之"半吊子"之类的"二话"闲言（曲笔），只因累计了30个年头汇集成册，一年年本真地走了过来，这就存下了那时一些世象：一片儿生活掠影、霎时一角世情、一瞬间的心态或半缕思绪的残叶儿罢了。凡夫针尖儿大的事耳！

那阵时日，是在刚刚儿经历十年暴力大劫后（人性的一点底线犹存；语言的硝烟尚浓），从语言崇拜与禁忌的心惊肉跳，一跃而奋起办学刊之理性于科学春天来临刹那的突降，虽有口难言"心有余悸"，实际心中朦胧确是真情；诉求而敢于冒险，于是便也幸借"摸着石头过河"的新语。这是当时过来人深感了不得的过望"待遇"！宽容试水的权力，成了被斗垮斗臭者重新站立起来的无穷动力；边揣摩、边探索走过来，直达深化改革开放的至今！没有其时这点松绑的兴头，20 世纪 80 年代创刊号伊始，我们岂敢把刊物定位"外向型"？！（参见创刊号《卷头语》）从那后，白纸黑字，都刊发在 20 世纪 80 年代至今年的各期刊物上。雪泥鸿爪，历历在目。所收以"卷头语"为名的一页"千字文"，其实就是各有题目的随感，初为半年、后为季度各一篇，前拉后扯余陪此刊30 个岁月了。装在"卷头语""黑匣子"里的所"感"，虽然"杂"得忒行云流水点；更不敢认其能"针砭"什么，但仍然是"三句话离不开本行"地没绕开本刊属性——自认为是重建的人类学／民族学、社会学和民俗学应有的民间"视角"。站在西北一隅说学科，不避"地方主义"、"民族主义"之嫌而大谈"西北学"；从不堪回首的社会记忆，到仍有阵痛的生活现状里围着刊物专业抓话题，这大大有离正统编辑学之"经"，叛一卷杂志首语"纪律"之"道"嫌；这还不算，还得提防暂屈于阴暗处窥伺者的绿光。那时恰是"十年动乱"黑云翻滚阴霾久、幸逢文化起死回生时中国书生办刊冲动的真相（难忘吉林创办于 1978 年 5 月的《社会科学战线》，问世前后，竟成学界奔走相告传递不息的头条佳话）。当今青年是体会不了彼时我类被站惯了的人，猛孤丁让坐下绝对是一个笨手笨脚的特色激动！当假话讲到比真话还真时，你能分清真话是姓什么吗？其时拨乱反正，正需人价回归！门窗须打开，社会须清扫！人类必须认同！我们重始入梦。可别忘其时各类"丸散膏丹"和"狗皮膏药"比"两个凡是"更充斥于生活皱褶的方方面面。我们在有限的一页文字里留下的"曲里拐弯"、"闪烁其词"，应看做其时"老九"心态与学步真态的挣扎。实说，"摸着石头过河"的中国表述，与我们这些"学科"的重建，实在也是一个"试验时代"的实践必然！"旧风俗旧习惯"。

如若并非"旧"，而是文化积淀的"优秀传统"呢？总应是中华民族一体"新"文化构建的基点嘛！——既经"文革"洗礼，这点担当的自觉不能不有。

（3）

我这个人，属这个时代里"倒霉鬼"群体中一名大幸运者。远在20 世纪 50 年代初系着红领巾还陶醉在天真优秀青年五彩梦中未醒时的"助手"（解放伊始 1950 年已勇于加入新民主主义青年团，首个"5·4

青年节"即以青年代表获奖），仅因全受正面栽培，未及学到旧时《黑后学》临急转圜类之技，小小年纪，一个早晨被"同志们"莫名忍心地推进另册；继而历次借重为青年做"反面教员"身份，而被一个个运动和兴时语词反复刷新"斗臭"；可历历遭"横扫"却自始至今竟未被铁扫帚扫除大学门外；最终经大专、本科、硕士到博士生，都教过、都带过了。这不非凡？在"解放区的天是明朗的天"的50年代中，"未敢翻身已碰头"地被"运动"30年后，甫一结束，便又再历30个年月的教师兼办刊生涯，一点也不含糊地算过了一把身兼策划、组稿、审稿、划版、校对、发行为一身的非专业"主编"瘾。忙乱自不待说，但这又是多大的时代幸运！就自身学科言，这"编辑"身份是外行且兼职；从办专业刊物看，我似乎又是一个"行内"的"边缘者"。青春年华时"牛鬼蛇神"一族除享劳动改造思想的"光荣"资格外，"臭"到一文不值；而一经翻身便机遇接踵而至……。这也是我所身经的中国社会实践之一。不该感激时代的赐予么？这大约就是《老子》所说的"有无相生，难易相成"吧？

　　值得品味的是这超疆界意义的人生体悟该如何对待？当然啰，生命里又有几个30多年可以任意拿来轻易投资仅为体悟呢？学费太高！但别疏忽基本国情和传统文化心理的积淀：历史悠久、地大物博、民族众多，是地球村（天下）里唯一泱泱决魁首；绵长的华夏历史——（从三千年推至五千年，有人仍在向八千年文明史上奋进）"王道文化"史传早就浩浩然；人口寰宇老大的神州——大众，从来得意洋洋然！这都是中国人的传统自豪！至于，人的尊严价值认知，无法不需以历时之久去磨砺，无论如何不能和仅仅百多十年历史之类国家去相提并论？！（"成吉思汗，只识弯弓射大雕……"岂非一种联接浩然历史"地气"的"时代气概"么？）

呜呼幸哉！斯时斯地之缘，应视我神州赤县大幸。以史传"中心"而大、而自豪，故"四夷"朝贡为"天经"，故名"中国"（"普天之下，莫非王土"）；最辉煌的记忆，恰是绵长停滞的封建史传，期盼"真龙天子"的皇帝；在世界所有人类语言里，故惟汉语里产生出"万岁万岁万万岁"、"千岁千岁千千岁"分等级的"天子"特殊词语！……所谓中华民族的"文化自觉"，从国耻到近现代先烈热血，代价的成本早已付尽，我们这代子孙终于醒过来了，还不万幸？

结集印出，想到或许可存两点小用：是耶非耶、正路邪门，都已生米做成熟饭，钉在其时"卷头语"这个平台钢板上，没遮掩，难改写；舒不舒服，好在都留下了供自照与他照本真面目的镜子；二是可做这段世情的笔录、写照，今昔可比，实证生活历程真相，可否起一点史料佐证之用？是否有罔顾时代风云，闭门臆造事象的假面？对那类已惯于数典忘祖、把青史都可拿去造纸的全然失忆者们，本属不屑一顾之类也，无言以对。

凡此等等起因也非"文化自觉"的自觉，倒是先来自当年巴金《随想录》读后，让人牢牢难忘的素话两句：

> "我们这一代人的毛病就是空话说得太多。""但是这些年我们社会上有一种'话说过就忘记'的风气。不仅是说话，写文章做事也都一样，一概不上帐，不认帐。"（《随想录》，生活·读书·新知三联书店 1987 年版，第 909 页）

无独有偶：瑞典著名作家、诗人、教授，评选诺贝尔文学奖的瑞典学院终身院士谢尔·埃斯普马克（Kjell Espmark，1930）在他的长篇系列小说《失忆的年代》（万之中译）"中文版序"（2012 年 9 月）里有这样的话：

> 人们应该记得，杰出的历史学家托尼·朱特最近还把我们的时代称为"遗忘的时代"。在世界各地很多地方都有人表达过相同的看法，从米兰·昆德拉一直到戈尔·维达尔：昆德拉揭示过占领捷克的前苏联当权者是如何抹杀他的祖国的历史，而维达尔把自己的祖国美国叫作"健忘症合众国"。

> 失忆是很适合政治权力的一种状态——也是指和经济活动纠缠在一起的那种权力——可谓如鱼得水。因为有了失忆，就没有什么昨天的法律和承诺还能限制今天的权力活动的空间。

> ……给社会做一次 X 光透视，展示一张现代人内心生活的图片——她展示人的焦虑不安、人的热情渴望、人的茫然失措，这些都能在我们眼前成为具体而感性的形象。其结果自然而然就是一部黑色喜剧。……但是，这些小说里真正的主人公，穿过这个明显带有地狱色彩的社会的漫游者——其实就是你。

果戈理式幽默："你笑你自己！"又轮回了。

在下从刊期间，头脑差窍、心眼儿不通透，期间总珍惜一切来之不易，而时不时地也曾与时贤们有感同身受之时。君不见：假大空；集体失忆；错了不认账；断裂历史；搞好了伤疤便忘痛；明明是假冒伪劣，却能横行直撞；只要徒弟一当领导或发财致富，大学师傅们便应掉价去台下捧场。更有与时俱进者：当了厅局级就得蹭蹭"博士"、"教授"那点光。非得把"老九"地位搅黑、压到最底层了才放心似得。中国传统长官特色，一经上台便成"全能冠军"，任事都可指导教训。博士们为一科长职位争夺，宁可挺着蛇队熬日、委身哈腰钻营都可，就是不可惜万金投资来的专业知识一夜无用！煞有介事地过升平盛世、享乐悠悠的拙劣表演等之类，都曾逐一登台不讳。30 年间办刊中，小文里有过可算为本土"特色"案例的一二陈述。

记起当初学科厄运，十年动乱后的学科重建，一度是学院派们老少狂喜的动力。但在开放中又于改革进程里去重建学科，各路首领却是各有套路和背景的。地处塞外荒漠西北，哪能和江南、京华可同日而语？这里是属于哪派都无缘的"野战军"！站在学院派立场看来，苍莽大西北，虽地大寥廓，但在 1949 年前，几乎是原无名校及其人类学/民族学、社会学和民俗学专业基础而言的；地近中原的西北大学，1949 年前曾有边政教学（兰州大学也仅有过不成规模的藏语文教学），院系调整时师生迁移兰州合并组成西北民族学院，归属国家民委管理，仅以培养蒙藏维三种语文翻译为教学目的，没有组成民族学之类专业任务。

怎说呢？在当今"王中王"时代，南霸天、山大王之类海了去了。"你以为你是谁呀？"李鬼们才不缺钱更不缺人，专玩儿善变的"猴戏"；语言崇拜成俗，一旦成精，比真人还真人。"文革"里暴力者们曾把语言文字的能量榨干用爆，不惜搬出原始语言禁忌（TABOO）的家伙，换着法儿地为思想苍白、生命僵化和个人崇拜创造"规范"和"一致"等等，害得至今上行下效，文风难改，影响犹存！的确，管好自身为己任也并非易事！怨谁呢？祖先精华里的糟粕，本与"国粹"连体……。

可如今，我们醒了！就会不忘"敢于直面惨淡的人生，敢于正视淋漓的鲜血"的言在，有无自信勇气，因为这是自己千真万确的经历，并无虚妄。试存此耳，为了提示自己与同道之友的"忧患意识"罢了！

30年里几十篇小文，大多没离开所谓人类学、民俗学或曰总体属民间文化范围里一介民人的视线在唠叨。身份、社会角色、经历、生活本身和社会过程锻造过我们。我们最终明白怨天尤人之可笑，恰如果戈理之名言。事实是1949年后，便享到的首杯沁心甘露，甫明白了"从来就没有什么救世主，也不靠神仙和皇帝……"。中华民族的复兴，仍得靠中华民族各族群民众齐心合力传统；祖祖辈辈期盼"真龙天子"降世拯救苦难的长梦，终被历史与现实的醍醐所灌顶浇醒！中华民族的新生代，已有了他们全新的灿烂金色"中国梦"（自然，并非什么"中国梦"——"梦之蓝"类"醉生梦死的"糊涂话！）。

那么，应欣慰，中国人做人尊严回归的起始；倡自觉、自信，品味人生、民族与国家的奋斗；享受生命的魅力意义。

《西北民族研究》出版10周年的宣传栏

还是接着唱时下"原生态"、"非遗名录"的作品吧：

　　　　一个（么就）孕老汉哟哟……

　　对，一定要唱"绿色的"！起码，要比专事造谣的所谓网络大V们大摇大摆地混迹一时，要实在一点儿吧！

　　哦，还需交代我这些"骆蹄梦痕"之作，都是其时用直觉牵引出的一个个"卷头语"，并非出自什么"遵命"、"配合"之类，追根溯源也不过是一介北方俗民生活中的体悟，朔方"另类"生存方式里的感悟和总也泯灭不了的追梦促我顿悟，它们流淌溶进我心，感动着、激励着我去述说，也许是歪扭的、也许是挂一漏万的、抑或是肤浅的，皆已不计求全。但它们确都保留下了彼时思绪的一缕影迹。

　　　　郭方成　速莱蛮　草于2013年7月9日前夜沙痕书屋，

　　　　　　　7月22日后修订于兰大二院心内科1号病房，

　　　　　　　　术后国庆长假修定。

英雄史诗的国度，大师亦然灿若星光
——从耿世民说起

    据凤凰网视频日前报道称，海内外公认的当代专学泰斗耿世民先生，逝世前一月医院排不到床位，(痛苦而)彻夜呼号……

    大师永去矣！悼念耿世民先生时门生有言：他走后，语言研究的天就塌了……。无言悲痛，可理解此乃扼腕之情地哀叹而已！然则大师素常夜以继日、无假日、无下班、不计衣食地治学不辍时，对其平凡的崇高，何尝以"大师"而惜之实情，是否何啻一例欤？甚有"强迫症"所致而出于传言。那么，凤凰视频亦报，"语言学泰斗80岁进军吐火罗语，3年后患癌离世"。此举，宁尚可得而"强迫症"之所为乎？悲也夫！

    记得甘阳先生去年在《经典通识讲稿》一书总序中有言：

    许多历史悠久的欧美文理学院（liberal arts college）之所以今天仍然要求必修古希腊文和拉丁文，并不是旨在把所有学生培养成古典学家，而是希望通过学习这些并无实用性的古典语言让学生慢下来，静下来，从而成为能自由思考的自由人。

    他接着说："我想对所有大学生说：大学四年，慌什么？毛什么？

急什么？慢下来，静下来，开开心心读点书！"

别误会，引这段话，绝非说耿先生作为海内外公认突厥语文大师，其回鹘、突厥等文献语言的造诣甚至晚期米寿高龄还要攻坚吐火罗语文，是属"并无实用性"，或仅仅属"通识性"训练那类。而是从"读点书"里讲一个我们必须正视的当下"故事"：

日前，编辑接到通常惯有的一个电话：

客：请问你是编辑部 X X 先生吗？

编：是，我姓 X，请问有何事？

客：近日，某 X 长没给你讲过发一篇稿子的事吗？我今年 5 月就要答辩，这之前我还差一篇核心刊物论文发表。

编：我刊 5 月号一期即将出厂发行；下期得 8 月 15 日出版，即便你的大作确实不需外送专家评审也来不及进入这期刊物内呐。

客：我有两篇论文你们可选一篇用嘛。

编：同学，任何"期刊"都要按既定时间出版的。

客：那您说，我该怎样办？……。

这位学生的急迫与无奈溢于言表。重提这也无意让求助者尴尬。但这类情况早已非个别。我们是想摊开请有关诸君们抽时想想这类事如何解决才好。

实说，眼下要静下来，读点书，何止本科生不能全做到，连研究生、某些读博者也不能都做到。读博已形成约定俗成的不潜"规则"：一入学便为两篇核心文章发表和三年一册论文可通过而惶惶不可终日上网"冲浪"，东翻翻、西寻寻地遍查"文献"，以三年熬过，似乎可修正果。无时守读元典的"博士"虽一批批生产出来，能否如同耿先生那代以中华民族胸怀欣赏他者文化，沿着层出不穷的新梦一生攀登不止，终成世界包括突厥语族诸民族公认的大师呢？这类攻学位者的梦，起码有

耿世民教授与同学在一起

部分人是耗在国企、公务员以及妻子、儿子、房子、票子的现实盼想和赤膊一搏之上了。不读元典的查资料，不驻足田野的"查新"，应时地打造出来的那类急就篇式论文，因无积累、因无沉淀、因无思考，追风空浮的大作，又怎会据现场感、亲临感而有所发现有所创新的应用"成果"呢？况且基础性成果！

"核心"期刊对应"核心"论文；"核心"论文，应产生于合格者之手，而相应的体制、机制以及管理理念和学术氛围等，都应是产生核心论文和核心刊物的学术生态构件。此类，也应是出自与时俱进的创新思维来推进高教改革。有了这些环节的构建与互动，学术产品生产植被环境的甚好，"垃圾"及其污染；高教、学术的社会资本浪费，自然会有好的转向。

我们有一种自然环境里阴霾常现、学术生态里非人文"扬沙"难退的心理压力。总期盼明朗和清新空气的早日到来。

久违了。归去来兮，快节奏之后那股纯净、令"个人心情舒畅"的学术空气！

链接——

国际知名古突厥语文学家、我国突厥语言学大师耿世民
教授逝世我刊深表怀念哀悼

[本刊讯] 国际知名古突厥语文学家和突厥语言学大师、中国古代突厥语文学科创始人和中国哈萨克语言文学专业奠基人，中央民族大学著名教授耿世民先生因病医治无效，于 2012 年 12 月 17 日在京逝世，享年 83 岁。

耿世民教授对《西北民族研究》的创办曾给予极大热情和有力支持！他的代表性名著《回鹘文佛教原始剧本〈弥勒会见记〉第二幕研究》的中文成果，就是在美国哈佛大学突厥学报（1980 年第四卷 101–156 页）发表又经 6 年之后，首交我刊当时主编的郝苏民教授，在我刊 1986 年第一期上发表。一个不平常的学术经历，让耿先生特在中文版本论题下的首注里，不无感慨地说明：此稿从初稿到这一稿（指交郝的 80 年稿）已经历了十几个寒暑。他说 1961 年夏此书原写本运至京时，他即初步以拉丁字母转写并翻译。1972 年就将第二幕整理成文。但未能在次年《文物》十月新疆专号上刊出。1980 年他应邀去西德讲学前，将此文同时分别交中国古文字研究会和哈佛大学突厥学报。"不料 1983 年夏我回国后得知，此文汉文本不仅未刊出，而且联手稿也弄得不知去向。虽经多方查找，终无下落。我不愿意个人的研究成果只在国外刊物上发表，所以这次重新整理成文，交给西北民族研究所刊出。"（参见《西北民族研究》1986 年第一期 129 页注①）

观战：看贺兰山下阿拉善旗蒙古族小朋友下"shatar"（蒙古象棋）

　　当时我国印刷条件仍很落伍，还使用铅字排印技术；我刊为了顺利刊出耿先生的大作，专门请人刻制了他在此文中使用的一套拉丁式转写音标。虽然刊文中字符错误时现，但成果终于在自己国家发表，这仍然让耿教授感动异常，他曾来函致谢。

　　我刊现在刊出这段学坛往事，旨在对新中国民族学界的佼佼者、耿世民教授的不幸逝世，深表我们的由衷伤痛和哀悼！

　　当今天，举国各族群要圆中华民族复兴大业之梦时，我们看到：像耿世民先生这样一批不计艰苦，朴实做学；埋首伏案、孜孜以求的中国学者形象，尤其高大而挺拔地矗立于这个惟物质为上的时代面前！是他们默默无闻地用智慧、用坚韧、用实干精神组成了我们民族的新长城！

附：耿先生在我刊先后发表论文如下：

《古代突厥文碑铭的发现和解读》（2004 年 /3 期总 42 期）

《古代突厥文碑铭的发现和解读研究》（2005 年 /1 期总 44 期）

《哈萨克的语言和文字》（2006 年 /2 期总 49 期）

《回鹘文〈太白莲社经〉一叶残卷研究（3）》（2008 年 /1 期总
56 期）

耿世民教授1980年于哈佛大学突厥学报刊发的论文，国内的首发，就在本刊的这一期上

习习春风：承诺和行动拜年

恭贺新春！

2013 年之于我刊，确乎是一个"缘分"的祥瑞：一是"空谈误国，实干兴邦"吹来了习习春风，恰同高校学科建设、媒体改风宗旨的邂逅，"实证研究"老话翻新，取"求真务实"之义；实乃高教深化改革、端正学风的要义。有此，机制上的力扫各色唬人外衣里假大空的口号文，力挺真货、实货、干货绝对版面的保证，就有了一个大气候的支撑；对辨伪排劣，坚拒那类观点老正确，内容老一套的"文革体"，自然更理直气壮得多了。二是沾西部开发之吉，幸运被关照忝列"国家社科基金资助期刊"。仰此，我们可望改变一下同类中罕见往日办刊设施窘迫（专职编辑、基础设备、办公场所"三缺"待遇）的困态。常言说，"时来运转，一顺百顺"，这话虽属心理自慰而已，早就惯于无求奢望，只求干活勿扰幸甚。莫料好事临门，毕竟业内老中青笔耕者、苦读者师生诸君还是四面八方举手扣额示意，倒是把我类志愿者型刊人，大大给精神性地宠乐了一番。恭喜！祝贺！千里发短信，字少情意重呵，敝刊虽属非机关性杂志，刊界胸怀与人文精神并无式微；身价成分已属陈词。

悦乎？足矣！总归善行，人同此心心同此理者也。可见：心善人好还是主流不是！

都这样啦，还能有什么可说辞的借口，不夜以继日地把嫁衣裳好好做下去呢？

那么，借吉祥之气，乘众心之力，蒙学人诸君诚信，我刊提出办刊主旨如下：

> 学科建设、黄土为根，为善社会、理论追寻；
> 传承经典、求索创新，时代精神、百家争鸣；
> 民族复兴、中华之梦，环球对话，学术为尊。

对于攻读各类学位的莘莘学子，我们也提出来一个由衷的服务口号：

> 《西北民族研究》，学术攀登挚友；
> 伴您攻读研讨， 助您成功之牛。

主旨也好，口号也罢，充其量不过对作者、读者表示一个服务态度罢了。态度，必须坚守，而承诺是要践行的。自律是"卑躬侍士，屈己求贤；先质后文"。恭请新老文友与广大读者们郢斧！监督！

本刊创办、成长历程中，是伴着中国改革开放，也随着西部大开发的进程，同样在摸着石头过河中走到了今天。初，曾不谙编刊业务，出现过令人喷饭和失笑的丑态陋行；中，又出于乏有经验，而遭"头人"莫名勒令停刊之情；还曾妄拒拙作而被"权威"上告黑状于高层；甚至竟有匿名谩骂、诅咒之类……我们都淡然处之，表示理解。

30年的集成

俱往矣，终因为死守学人小众们这一亩三分园地生态绿色常驻，力排污染，不致沆瀣一气；也图专注做学少点关系性"开发"；坚持脑力劳动者的底线尊严，我们把本就有限的经费全用于印制、版税、审费等捉襟见肘的支付上，办公设备则由个人们解决。稿费之谓前期不过象征则箇，可作者仍以君子风范表示同道者的深深认同和对劳作的肯定。我们没以版面费之名堂算计过发表人的腰包，更不曾对寒窗学子伸出过乘危之手。我们欣喜看到相当一批今日导师，是从敝刊平台始登学术高峰的。曝出这些"内幕"，仅仅在用感恩回报之心悬鉴在前：既然那样的路我们都携手迈过，今日办好刊、刊办好，还会更难吗？朋友，你们温暖之心和优秀之作成就了刊物的昨天与今天，我们当以诚信诺言以回报！

（2013 年 2 月）

十年的数字叙述西部

　　中国共产党第十八次全国代表大会 11 月 8 日在京开幕。代表共 2325 人（实到 2309 人），少数民族代表占 11%（至 2011 年底，中共党员有 8260.2 万人，其中少数民族党员 556.2 万人，占总数的 6.7%）。

　　胡锦涛向大会作题为《坚定不移沿着中国特色社会主义道路前进，为全国建成小康社会而奋斗》的报告。他强调，十八大是在我国进入全面建成小康社会决定性阶段召开的一次十分重要的大会。大会的主题是：高举中国特色社会主义伟大旗帜，以邓小平理论、"三个代表"重要思想、科学发展观为指导，解放思想，改革开放，凝聚力量，攻坚克难。坚定不移沿着中国特色社会主义道路前进，为全面建成小康社会而奋斗。

　　据报道，10 年来，民族地区经济社会发展实现了历史性跨越，生产总值、财政收入增速超过全国平均水平。近 10 年发展速度最快的省份集中在西部和民族地区，"两免一补"、"新农合"、"新农保"、免费职业教育等政策优先倾斜，教育、卫生、社会保障等事业全面发展。这 10 年，是中央对民族地区支持力度最大的 10 年，是民族地区发展最快的 10 年，是各族群获得实惠最多的 10 年，是民生保障和改善最显著的 10 年。各族群众真切感受到祖国大家庭的温暖，不断夯实了各民族大团结的物质基础。

中国面积最大省区新疆：国家西部大开发政策和十八个省千亿援疆资金启动。10年来经济总量首次超过6000亿大关。一批重大能源项目相继投产，原油和天然气生产超过4600万吨油气当量，居全国第二。铁路营业里程比2002年增长48.8%，公路里程更是历史性的超过了15万公里，比2002年增长了87.1%。城镇居民人均可支配收入15514元，比2002年增长1.4倍。农村居民人均纯收入比2002年增长1.9倍，年均实际增长比全国平均增速高3.8个百分点。2011年旅游总收入比上年增长50.3%，收入增速全国排位仅次于安徽省，位居全国第二、西部第一。

中国面积最小省区宁夏：农民人均纯收入西北第一。这十年，农民人均纯收入达到了5410元。宁夏经济始终保持两位数增长，增速连续四年高于全国平均水平。2011年，宁夏地区生产总值已经达到2102.21亿元，是十年前的五倍多。完成公路建设投资就达455亿元，这超过了宁夏公路建设投资53年总和的3倍。所有地级市通高速，乡镇通油路，行政村通公路，乡镇公路通达率、通畅率在西部省区排名第一。2011年宁夏城镇居民人均可支配收入总量居全国第24位，西部第7位，农民人均纯收入5410元，这个数字让宁夏农民的人均纯收入在西北地区位居第一。

人口最少、海拔最高的省级行政区西藏多项指标增幅位居全国前列：西藏这十年多项经济社会发展指标的增幅都位列同期全国前列。生产总值，从2001年的140亿元，增长到了2011年的600亿元，年均经济增速达到了12.4%，高于这个时期国家的年均经济增速。而西藏的进出口总额，更是比2001年翻了13倍多。国家在西藏的投资，2011年，固定资产投资金额就达到了近550亿元，比十年前增长了五倍多，青

到黑龙江：一定要去看布里亚特蒙古族的小朋友

藏铁路建成通车，到西藏旅游的人数猛增到近900万人次，旅游收入，2011年达到了近100亿元，比2001年多出90多亿元。一条电力天路将西藏和内地连接得更紧了，青藏联网工程每年可以从内地向西藏输送8亿度电，西藏也因此告别了缺电的历史。

随着西藏经济的发展，西藏百姓的生活水平也大大提高，农牧民人均纯收入十年增长了2.5倍，体现西藏老百姓购买力的社会消费品零售总额从不足50亿元突飞猛进到近220亿元。

（据央视网、人民网、国家民委网、中共新闻网等数据综合）

（2012年11月）

2012年奥运提示：伦敦事象别失忆

2012，伦敦奥运圣火点燃，一切如同举世盛会往昔：如火如荼，激越昂奋……

7月28日晚，中国16岁女孩叶诗文不仅以4分28秒43的成绩夺得金牌，打破400米个人混合泳世界纪录，最后50米的速度还超过了赢得男子400米混合泳冠军的罗切特。世界为之震惊："她居然游得比男人还快！"英评论员不禁坦言，这个姑娘"身上背了一个螺旋桨"。7月30日，小叶重回泳池，又在200米混合泳半决赛中刷新奥运会纪录；7月31日，女子200米混合泳决赛中，小叶依靠最后50米自由泳的出色发挥，再次实现逆转，最终以2分07秒57夺冠，并又一次打破奥运纪录，成为混合泳双冠王。

无独有偶，中国又一个焦刘洋，凭借强有力的冲刺完成了"叶诗文式"的逆转，伦敦的泳池再次刮起一股中国旋风！怎么看又怎么说呢，这个好像眨眼之间出现的事实？！

体育竞争之事，挑战极限，历来是一个意料之外而又意料之中的激进过程。所谓奥运精神之义，不也是提倡拼搏中追求人类友谊的无限美好吗？

现代奥林匹克之父顾拜旦曾有名言："在奥运会中……最重要的事情不是胜利，而是努力竞争；不是征服，而是奋力拼搏。"这句体现奥运精神的名言，早在 64 年之前的 1948 年就曾被悬挂到英国伦敦奥运会的温布利体育场上。

是呀，世界是你们的，但现在是我们的。"奋力拼搏"的奥运精神，让当年被傲慢者讥笑为"东亚病夫"的中国人也洗洗昔日不得不承认有过的奇耻大辱，经过苦练奋斗，终于也在泳坛上超越了欧美创纪录的全新一页！

从屡受某些西方人惯有的"傲慢与偏见"之辱，从而惊醒了中国人的民族自觉意识，继而"奋力拼搏"这点来看，倒是应该好好感谢一下这种"傲慢与偏见"的刺激功效不是嘛，同胞！

没料到的，倒是在新世纪今日伦敦奥运盛会期间，西方某些媒体和个人的"质无端猜疑言论的针对中国女孩疑"再现，除了关于兴奋剂的言论之外，甚至还冒出什么"基因改造"之类离奇想象异常丰富之说。这些，除去基于偏见惯性上的失冠惊愕是可以理解的之外；不应失忆的倒是好大喜功的同胞，竟然没估计到当代西方某些人仍然存在的"令人不安"、"难以置信"的"酸葡萄心理"！他（她）们善良而错误地认为到伦敦来，处处都会碰到"绅士风度"的热烈鼓掌！

其实"酸葡萄心理"与"绅士风度"也是并存的。坚持"相互理解、友谊、团结和公平竞争"的奥林匹克精神者，大有其人；但动不动就犯"酸葡萄心理"病者，事实证明仍然终有人在，于是大可不必"大惊失色"！人家患上百多十年的老病，是属于中国人所说的"慢性病"。痼疾虽不属"病入膏肓"的"绝症"，人老几辈子的遗传，也不容易"药到病除"不是？中医对"老病"本有临床经验，火攻不宜！需要慢功逐步调理、非必要时不用猛药嘛。

然而，文明古国，君子风范传承，也要把"傲慢与偏见"作为"激励一代人"的"精神财富"！让后来者不要轻易忘记"令人愤懑的"、"非常侮辱人的"、"难以置信"的、"非常不公平"的"无端指控"这串"酸葡萄"的顽固存在！

　　只有在忧患意识中，丢掉幻想，做好自己家里的事，才有可能某一天，让酸葡萄们发酵成熟，有可能酿成上好的"葡萄美酒"，"美美与共"，让朋友们葡萄美酒夜光杯，"一醉方休"！

　　The most important thing in the Games is not the triumph but the struggle; not to have conquered but to have fought well. 比赛中最重要的不是胜利，而是努力竞争；不是征服，而是奋力拼搏。

和英国人类学家王斯福（Stephan Feuchtwang）教授交谈，往往某些看法不谋而合

世态·世情·世风·世变之和人文学科

　　一则消息称：伪造野生华南虎的农民周正龙因伪造罪而被判刑蹲大狱两年半，刑满日前出监。据说当年为此他很羞怯地进了黑房子，"但出牢后却一扫愧意"。那么，当年羞耻今个儿却不害臊，出因何在？——原来两年半，中国造假事件多而严重得令人瞠目结舌，周觉得自己所干至少没害人。云云。你不信？请看以下：

　　"烂皮鞋、毒胶囊、地沟油、三鹿奶，简称：东鞋、西毒、南地、北钙。"——武林新语

四大高手登场中国社会之上。若有疑？请再看：

　　"县委政府还是非常的关注、高度的重视，采取了一系列措施。工作当中形成的工作制度，我们还是比较有效的。"——央视记者就毒胶囊事件采访有关部门时，河北阜城县副县长李某某却是这样一副逍遥自在之说。

"如今这年头，城管干了警察的活，公车干了公交的活，教授干了生意人的活，网友干了侦探的活，微博干了媒体的活，错位的情形太多。"这是@央视淇儿的话，见《新华每日电讯》。——其实就教授而言，研究生报账的发票须由导师一张张去签字（而非会计）；但研究生学位论文据其选题与内容应以何种形式书写的决定，却不分学科一律由学校科研处说了算，尚方宝剑是："教育上级规定！"教授指导奈何！

《中国青年报》刊出叶铁桥文反映，清华某学院向记者证实，该院有十来人是"论文博士"。他们中"往往是官员或者国企人士"；有媒体发现，早在 2008 年 10 月 9 日，国务院学位办副主任郭新立就在回答记者提问时称，我国目前并不存在"论文硕士"或"论文博士"。并称，如果发现这类情况，教育部将"决不手软"。实际上"论文博士"这种形式确实存在，《中华人民共和国学位条例》第十三条就有规定。厦门大学文学院教授杨春时了解到"读博的官员，很多都不经过正规考试，即使考试也是走过场。被录取后，动用公款交学费。读博后，基本不上课、不读书、不做作业，有的官员甚至一切让秘书代劳，毕业论文也是请人代写。这种做法，极大地伤害了教育的公平性"。——这一切假如真如此，又如果已形成了一股"世风"的话，就得请有关部门认真了。别闹成当年那样，给常遭批判的学校"老九"定个"教授"之类头衔，"左""病者"就有不平，千方百计地往里挤，结果："教授满地跑，说话轻如毛"。这样不是对大家都不好嘛；"博士""硕士"学位，是全世界对青年学子的一种学位制度，寒窗数载，即便得了个文科学位，在中国目前就业也不易，官员们已经是"公务员"了，就别再挤他们了，这样大家不都宽松些，和谐点嘛。

诗人、翻译家裘小龙，2012 年 3 月新作《红旗袍》出版。当采访人问道："文革"时期的一些事，如今很多年轻人根本不知道，这是促使

跟柯尔克孜英雄史诗《玛纳斯》杰出传承人
居素甫·玛玛依大师相识已有30年

你写这本书的原因吗？

裘有如下回答："这肯定是原因之一。对于'文革'相关历史，一些中国年轻读者知道得相当少，甚至比我的美国学生还少。"

"很失望，很寒心，下回再碰上类似的情况，不敢再帮忙了。"——巴西籍男子在东莞制止小偷惨遭报复后，国人冷漠围观无人救助。——中国在广泛学习好榜样雷锋以及提倡"国学"核心的"仁义礼智信"的同时，在遇难同胞的救助、仁爱、仗义面前，对已形成世风的"冷漠"现实，该作何思？！不可忘却50年代曾有过的"路不拾遗"！又怎能轻易遗忘"文革"流毒的惨烈啊！（以上数段亦可从《文摘周报》检索）

（2012年5月）

龙年：文化“细事”谁担当？

今年春节，属龙。举目远眺，金融危机笼罩四野：风凄凄、人戚戚，唯中国经济发展规模全球第二，天下亮点；且有文化大发展、大繁荣预设。“文化中国·四海同春”！关键词是：举国上下，文化惠民，中华民族龙腾虎跃，热气腾腾过它个吉利大年。

龙年享乐期间，既有 2011 年中国少数民族十大新闻发布：国务院出台促进牧区又好又快发展的若干意见、《兴边富民行动规划》和《扶持人口较少民族发展规划》相继出台；又有《光明日报》发布 2011 年文化新闻十大事项：党的十七届六中全会提出建设文化强国、《非物质文化遗产法》实施等资讯播来。多好的发展态势！

一切表明：经济发展同时，还要建设文化强国，建设中华民族共有精神家园，为人类文明进步作更大贡献。为此，坚持文化发展为人民、靠人民、发展成果由人民共享等等，都是不用多说的程序之项。

不料热闹中，也有萧索不爽！梁思成、林徽因故居被拆新闻，媒体追踪时评不断，引起人们心凉比对的思考。这都反映出，今日民众空前关注国事的时代风貌！

一起关于梁林故居被拆“小事”，竟成了新闻事件、“历史悬疑剧”，是因为并非区区小事的社会文化之事，却有可能被某些职能部门官员，阳奉阴违公然欺上瞒下地忽悠而过！民意不可欺的不依不饶，乃民心所向。因为百姓回眸的事实是：

京都砖塔胡同，历史沉淀，鲁迅、张恨水及刘少奇都曾有居，留下的不仅仅是文化印迹！然而，近有记者到此寻访鲁迅居处时，却发现84号院的门牌早已不知所向？！

"梁启超北京故居变身大杂院"，据称：因资金缺乏无法修缮……

据记者蔡文清报道：20世纪50年代初，中科院在中关村西一街以西、中关村第二小学以东区域建起一批配楼，其中13、14、15号楼是海归和国内各学科知名大师、学者在居，称"特楼"。然而，如今"特楼"内诸如钱学森、钱三强、赵九章等名人故居也将面临拆迁厄运！天哪！请看，这三座楼内曾是哪些人物居处：

13号楼内——著名中国力学家、应用数学家、空气动力学家，为"两弹一星"献出宝贵生命的郭永怀；师承居里夫人，新中国放射化学第一人杨承宗；思想家，经济学家顾准；数学家，发现华罗庚的伯乐熊庆来！

14号楼内——享誉海内外的杰出科学家和中国航天事业奠基人，"两弹一星"功勋奖章获得者钱学森；著名真菌学家和植物病理学家戴芳澜；近代中国磁学奠基者施汝为；邓拓的哥哥，"文革"时受株连致死的微生物学家邓叔群；中国生物学一代宗师、动物学家，教育家秉志；语言学大师罗常培；"两弹一星"功勋奖章追授者、核物理学家钱三强及其夫人何泽慧；我国近代植物分类学的开拓者和奠基者之一陈焕镛；我国核物理研究的开拓者、核事业先驱之一的赵忠尧……

15号楼内——核物理学家，"两弹一星"功勋奖章追授者王淦昌；中国森林昆虫学研究奠基者之一蔡邦华；地球物理学家顾功叙；气象学家，空间物理学家，被追授"两弹一星"功勋奖章者赵九章；中国地震科学事业的开创者，最早的地震地球物理学家之一，1930 年创建我国第一个地震台——鹫峰地震台的李善邦；我国地球物理学的开拓者之一、地磁学奠基人陈宗器；语言学大师吕叔湘……

不举了，够了。时至今日，"以人为本"、"尊重知识"、"人才难得"、"民族精神家园"、"文化强国"等等，对以"发展"为盾牌，只求"政绩"的那类短视官员、部门来讲，竟然还是一个"什么也不是"的了得！对知识如此轻薄，对民族文化数典忘祖，对国家文化功臣这般人走茶凉、薄情寡义的爷们劣行，对当今矢志不移坚守科学的中坚与后代，或许泼不了多少冷水，但它却给我们一个严肃的"提醒"：对中国滋生、传承"臭老九"观的顽固性绝不可小视！道路难平且漫漫，修路，硬是一个巨大而维艰的工程啊，您说是不？

（2012 年 2 月）

学子相会于讲坛

饱肚子的历时记忆与梦悟

时轮飞光，步履匆匆，当下财神爷的 E 魂儿死死拽住急盼好运人的脖子，拖住你气喘吁吁往前赶，是为有可能碰上那个"8"的好机遇。眼看即达年底，传来叫人最提神、最来劲的善事，莫过 2012 年的超前喜讯：文化大发展、大繁荣的钟声敲响在中国各族百姓寻常生活的房顶上。实为：善哉幸哉！功莫大焉！

大西北、"老少边"的新一代，对"苦甲天下"、"少吃短穿"之类呼号，也许记忆犹存亦非痛苦有余。但他们的父辈，不见得不记忆犹新得余音绕梁：或干旱无收、天灾难躲，或收成大喜却销难出手；倾巢出打工，老少守村舍；政策尤多善，公干们不好缠；物价和票子搂肩共探戈等等的新苦恼，常不时拖住偶来的精神一乐……

实话实说：西北各族草根们的相当一部分，还不能和葛优们一样恒有"偷着乐"的心灵享受！时下有了好消息——

现在总说，真得基本温饱上有望来小康，一路顺风得自信，中国各族民众的中华民族精神大振，于是，早已不在意之前曾在某些基层官员嘴上常挂：吃肚子的事要紧！文化能吃饭？！"文化搭台，经济唱戏"之类。终有享受生活的诉求。这就恰如当年费孝通及时提及的那样：

"当我们吃饱了和穿暖了后，又该怎么办？这就涉及艺术的问题了……发展艺术，让我们的精神世界能在艺术里得到进一步发展……物质方面是很重要，但精神方面，也就是文化艺术方面也同样重要……开展我们的文化建设，以及确立我们的文化的走向的话，就要在研究上进入一个新的阶段，解决一个全世界都需要解决的文化和艺术方面的问题。"

因为毕竟曾有"大革命"与"文化"结合的史迹，也时有歪嘴和尚"好心"念"错"经的打岔，况"泰坦尼克号"演绎"现代化"之警示早有。要把福音、善事办好，首要把文化的创造者、享用者、承载者的主体地位凸显在前，"顶层设计"时别总摆错主仆位置。唯此，"惠民"、"均等"类，方备有分寸之守。

而在多元一体认同与实践上，切忌"老大难"式的"疏忽"：须知文化的命题，不可以人多人少的量化、"高人""底层"的质性而论。眼下，更要在行动上，更多地体现多元，提防因以人口的多少比例或"资格"而搞成当年苏式一元"老大哥"，忽视了人少群体的另一元（风起云涌《祭典》成效，已可反思）；"君子""小人"阶位之别与文化不在等号上。起因：文化，中国文化，是中华民族的整体文化，是"多元一体文化"格局的真正认同与实践。非物质文化遗产保护工程，中国在世界面前的响应及实践，其地位赫赫有名。多元主张理应不仅身体力行，更是身先士卒。培育和壮大各族"草根文化"，彰显各族民众喜闻乐见的精神家园，举国认同一国历史整合性文化并惠与全民，"万方乐奏有于阗"的局面于世：在今、在后，意义深远而非凡！

此时，我们重温费孝通超前所言，顿觉五彩梦之悟，大师者非凡也：

我们的人文学者要看到我们有一个大的责任，我们的人文学家

费孝通调研甘肃肃南裕固族自治县

要有一个荣幸，就是今后的世界不是一个完全靠科学技术的世界，而是要用科学技术来促进我们的文艺发展，让人类的社会朝一个精神和物质两方面都得到共同发展的方向前进。我们可以利用这种物质的科学技术，站在传统的根基上，发展我们新的文化艺术，让我们民族文化的根成长起来，同时，把中国丰富的人文资源发展出来、开辟出来，贡献给全世界。（见费孝通《一个大的责任，一个荣幸》，《西北民族研究》2004 年第 4 期）

（2011 年 11 月）

学术责任·勇气与 56 个民族的民心

"发展是硬道理"——而今之悟，若无不错的话，怕是其时针对中国某方面、某时候、某些人尚不以中国经济社会"发展"为迫切诉求，仍在"以阶级斗争为纲"的思维定势里"争论"，故须一口咬定要"发展"，决不可再翻来覆去"折腾"。唯此，"发展"成了"硬道理"。

但，"发展"，要讲如何发展，是全面协调可持续"发展"；还是当年的"大跃进"式"发展"（土高炉大炼钢铁；大放卫星亩产千斤）？自然并非为"发展"而"发展"。

"科学发展观"核心是"以人为本"。一切从 56 个民族人民出发，实事求是，是遵循科学规律，因地、因人制宜（而非唯前论、唯定论的"本本"；唯上司、唯权威的"凡是"；唯一地区、忽略另一部分人群"一刀切"）地去发展；是要顺乎所有民心认知的"发展"。

在发展问题上，与眼下大多数人看法普遍不同的是，中央民族大学杨圣敏教授提出了一个鲜明观点："在边疆民族地区，经济发展的速度不一定越快越好。"

这非轻而易举的一家之言，花了近 20 年"田野"功夫！他们是在新

中央民族大学教授、《西北民族研究》编委杨圣敏在塔吉克人中

疆实地调查最多的团队。杨教授 6 月 8 日在中国民族宗教网上对记者郑茜、牛志勇披露部分科研成果观点时说这番话的。

在新疆全境内，杨的团队先后做了 4000 多份问卷。与眼下普遍做法相左，他们田野，非一地盖全境，非一周代四季，非仅靠官方资料，非索现成地方数据，而是严格按照学术规范设计并分派问卷的。有时为某一县、某一乡甚至寥寥几人某一偏远村子发几份甚至一份问卷，宁可跑几十、几百里路程；为数据具有代表性可不惜追求规范的高成本；仅个人访谈就达数百份，近两年整理出来的访谈材料已有 60 万字之多。又为检验问卷调查结果的真实性，他们与北大、北师大心理学教授合作，采用心理测验仪器做了 400 份心理测试，这些心理测试的结果表明他们的调查结果是比较客观的。于是，依科学的方法论、准确而全面的操作，他们得出了超前人的丰富而客观的数据。诸如：85% 的维吾尔族受访者表示认同政府的少数民族政策；88.1%的维吾尔族受访者表示反对"新疆独立"、反对"东突"；90.6%的维吾尔族受访者对作为中国人感到自豪；61.8%的维吾尔族受访者把国家概念放在民族概念之前；74%的维吾尔族受访者对目前生活满意或基本满意；82%的维吾尔族受访者认为近年来生活水平提高了；92%的维吾尔族受访者感到生活的社区是安全的……

科学数据成了他们有勇气提出新观点的逻辑支撑。他们说：国家近30年被称为改革开放快速发展的"新时期"。此"新时期"东部率先起步，继而加快中部发展，而西部的发展差距一下子被拉开了；值得注意的是，发展差距的拉大是跟社会不稳定同步的。他们说，我们的政权是受到人民拥护的。国外的调查报告，也显示中国政府以88%的信任度排名全球第一。但群众对政府的信任度高不等于没有意见，而意见绝大多数是属于人民内部矛盾，不是反政府的。他们认为，市场经济特点是竞争，而少数民族群众市场竞争能力不强，处于劣势。语言制约就是重要原因之一。常讲民族地区需要"跨越式发展"。但"跨越式发展"很多都是通过开放、引进外地资金来实现的。"在边疆民族地区大规模引进内地先进技术、一流设备、资金和人员，但如果当地少数民族参与不了这样的发展，或者参与程度很低，最后，这样的GDP快速增长与当地少数民族的发展又能有多大关系呢？"所以，杨教授认为，边疆少数民族主要不是经济上的贫困问题，而是发展能力贫困的问题；边疆民族地区的改革步伐和内地一样太快了，少数民族群众就少了一个过渡、适应的过程。近10年来，民族地区发展速度超过内地，但当地少数民族的发展能力却不高——所以，边疆地区经济发展速度不一定是越快越好，而是参与式发展才是最好的……。根据民族地区特点及自然环境，他们主张，应该以全国低碳区作为这些地区的定位来设计发展道路和发展战略，不能北京、上海、深圳各来一拨人都按自己地区的模式做计划；中央应该有一个大的战略规定……。

——青年学子如何学习诚实的学术品质？除体制、机制的外因外，就个人言，是否应该好好看看杨圣敏教授他们的实践行为呢？

我们认为，并非多余：

至今，人云亦云者，唯上而云者继续非寡矣！

当今，走马观花游走一周谓之田野者，有甚者，网上统计、现成数据即为"调研者"都已是课题结项之常态矣！

（内幕惊爆：某些在职"攻博"实为"钓博"（钓黄鱼）的官员，靠秘书写论文者，哪有时间顾上"田野作业"呐？但很难查出来哩，据说）

（2011 年 8 月）

从家园仪式到国家大法

时下，流行语挂在百姓之口成为时尚："嗨，瞧瞧您干的那档子事儿，都出彩啦，简直一个'非遗！'"（乃不是"东西！"的反说）。而把果蔬不合理地哄抬市价，说成类似"怎么着？瞧瞧这葱一斤 10 元不值吗？告诉你吧，正宗一个'原生态'"！假借其货色，区别施过化肥或添加剂之物。

这说明，"非物质文化遗产"、"原生态"之类的舶来语，在今日中国普通民众口头已形成高频率词语。足见当下大陆"非遗"及其保护之举影响之深与热议之度！

然而说来不易，故《非遗法》一经高票通过，冲出参与者们口里的首句话便是"这可是'里程碑呀'"！竟有泪盈之动情……！大约从 2000 年初才进入大陆的非遗抢救、保护之事，继而，便是正名、宣传、推行……是官员、学者、内外一线工作者们，初试、学习、研讨、阐释、挖掘本土、翻译海外，编写材料，设计推行，都是"精英们"边学边干，边实践边修订，再加传媒的"给力"终于初建起一个框架、一个系统而自上而下走至今天。须知，传统上中国所谓文化机构，其职能，都与这由联合国出面的"无形"、"非物质"、文化"遗产"之类是不沾边儿的。眼下，一个"非遗"的新语之后，是当今世界人口老大之国泱泱56个民族整体13亿多民众观念的大嬗变！我们为割掉一个辫子付出过多少先烈之血！我们从"打倒孔家店"走上了自救之后，却又几乎割掉了自己的肚脐！是的，我们凭着一代代满腔热血，在血与火的光影中，终于认识了我们自己以及我们应走的路子。中华复兴只能是在自己的大地上，吮吸着母乳成长起来，一切有益的滋养只能是补充而非血脉的更替。地球村的邻居怎当？还得村民们和谐百花齐放；横着行、独为霸已不时兴了。文化讲多样性的这个机遇总算抓住了，对内对外得了人心，这是从联大到国内的一次成功的"顶层设计"。因此我们又出台了有史以来的第一个《非遗法》。这是一个多元一体的母体，是丰满美丽、庄重而婀娜的母亲。是我们的魂魄，更是56个子女精神的认同！

是惯性思维作祟吗？不揣摩还说不清。原以为近十年沟通协调、深化、吸纳方出台的这本法律，一定是《非遗保护法》，但正名却是十一届全国人大会常委会第十九次会议通过的《中华人民共和国非物质文化遗产法》。在其第一章总则里，开宗明义提出"为了继承和弘扬中华民族优秀传统文化，促进社会主义精神文明建设，加强非物质文化遗产保

把著名作家张贤亮拉入非遗保护的行列

护、保存工作，制定本法"。这里，是对属于"中华民族"范畴内的所有民族（优秀的、传统的）文化而言；此法目标是为了"促进社会主义精神文明建设"，唯其此，方有"非物质文化遗产加强保护、保存工作"。明确提出了"保护"和"保存"两个概念。这当然是缜密的。那么，哪些非遗是需要"保护"的？而哪些又是需要"保存"的呢？还有，"国家扶持民族地区、边远地区、贫困地区的非物质文化遗产保护、保存工作"（第六条）这一条里三个"地区"的非遗，特别提出了"国家扶持"。那么其操作的尺度又如何准确体现呢？这又告诉我们，为实施《非遗法》，相应配套的实施细则、规定和自治地方针对特事特办的地方法规和专项规定等等，才是真正落实《非遗法》的保证。

如果说，"顶层设计"是必要地体现了"政府主导"的话，那么真正落实，则要靠广大民众文化自觉基础上的"社会参与"；是人人都"我要保护"，而非"要我保护"。显然，《非遗法》是中华民族每一成员在坚守自己精神家园、珍爱人类一切优秀文化长途中的一座标志性的里程碑。

（2011 年 5 月）

"社会参与"：您参不参与？
——从香港中华博爱社向中大捐款所体悟到的说起

　　博爱社全称"香港中华回教博爱社"，初创于 1917 年，是最早由内地广州一带迁港回民华人组成的民间社团之一。其时他们委身于殖民地之心苦，社名却不忘勇于首冠"中华"之豪义；虽面对国际金融市场之冷酷，却遴选"博学爱群"深义之时语。足见其时先辈们基于博大精深中华文化之良苦用心与中华伊斯兰智慧之高超与高明！

　　抚今追昔，窘迫港漂之中华伊斯兰民众，在伟大的"五四运动"之前，坚守"古兰"与"圣训"的"伊玛尼"(al-Iman，即信仰)；又矢志不渝于中华祖国情怀而顺应时流，这是一种崇高的中华气节与民族自信的情怀！

　　临近新春吉祥兔年的元月 20 日，中华博爱社在新亚书院举行向香港中文大学人类学系文化遗产研究中心捐赠仪式，以助其进行"香港穆斯林文化与社会研究"项目。余承中大人类学学长之邀出席并做"中国穆斯林诸民族博爱精神与其文化遗产名录的推进状况与反思"演讲。后，又往社团参观、交流。分享香港穆斯林同胞之间与各族群体亲密互助、好学共进的社会文化活动，体验学习，感触甚深。

香港穆民身经背井漂泊，室迩人远，英管篱下之沧桑和回归之熏风阳光，其于中华文化之纠结、根植，信仰之坚守、追求，历史渊源的难解难分，时代潮流之强势与应变，他们都处于栉风沐雨，艰辛备尝之界。凡此源自敢于正视、文化自觉的前沿历练与实践，亦多给我们内地族亲以深刻启迪和不禁油然而生的景仰之心。

在香港，此类社团等，皆为真正民间社团。"真正"之所谓，其组建之初、其互动伊始，尽在地方依法行政统管之内，组织者、行为者都系志愿、义工式，积极发展文化教育和群众福利事业，根于民族文化自觉之国民素质，本着自尊、自觉与自强之动力而发挥着社会成员的自立作用。这样一种公民意识，得到社会认同尊重。博爱社等及其社众几代人的践行，让我们感动，让我们奋进！

他们为中大捐款做"香港穆斯林文化与社会研究"项目，是响应国际文明对话、文化交流与保护本港穆斯林文化传统，增加民众对穆斯林社区及其文化的认知而为之的议题；于是我们豁然，其行何以得到认同？原来他们视"社会参与"既为己任，也为权利。

建社伊始，他们针对穆斯林民众就业通识所求，即着手培训教育融入社会；继而为担负起华裔穆斯林素质与人才培养的社会责任，先后主动向香港教育署申请，兴办各种类型命名的伊斯兰幼稚园、伊斯兰小学以及伊斯兰脱维善纪念中学、伊斯兰英文学校等等，且校长、学监都由华人穆斯林担任。近年他们又设立了"基金会"的"研究生奖学金"，旨在针对在读研究生或从事穆斯林文化研究的各族群研究生的田野作业、毕业论文写作的支持与协助。

他们助人成功，大力支持其他社团创立与实业兴办，一度协助香港中国回协办理学务、社务。早在 20 世纪 70 年代，遵古兰、圣训教诲，以博爱、宽容胸怀，与香港佛教、天主教、孔教、基督教、道教团体共组"香港六宗教领袖座谈会"体系，30年来，融洽相处，求同存异，导人向善，服务社会，做了许多造福人类的好事。为跨文明对话起到了先行实践和示范的作用。

这一切的一切，给我们以启示：有了文化自觉，就会热情担当起公民的责任与义务。俯首自忖，我们是否有时、有地对作为社会成员的"社会参与"当成一种"索求"之机？"非遗"保护上的"社会参与"，时而让我们看到以"有偿"、"拨款"为条件的前提！是要我保护，还是我要保护？对自己国家、民族"非遗"上的两种态度和状态，应令国人与相关主管们深思之！

但，不履行"保护权利"（义务）的"板子"，自然不应打在百姓的屁股上！

（2011年2月）

从"阿布都"拉上"热西提"说起

又想起共和国肇始初期民族高校产生的一则故事。

20世纪50年代初，一切自然是百废待兴："宜将剩勇追穷寇"，故需进军民族地区解放各族民众；"兵败如山倒"，散兵游勇害民成灾，剿匪在急；接着，又要为民族识别的社会语言调查等事亦需提上日程，因而，少数民族出身公务人才遂成紧缺。由此，民族高校应运逐一诞生。需求迫切，干训部成为其时学院主体，教学主环节之一便是俟结业可赴京华等地参观或接受中央领导接见，谓之增强祖国观念。

话说，有一次，又临组团上京分配参观者名额时，院长在部门联席会上和系主任有段对话：

院长：喂，沙主任，又争取了一个参观名额，就加给你系吧，听清楚啦，又有一个！

主任：啊，乌拉！我们碰头好好议议呐！

院长：快点议，定了，就把名字报上来！

主任：好来，一商妥马上就报上。

约2分钟后。

院长：喂——老沙，说吧，那个名额上你们报谁呀？

主任：我们都同意，就报青年教师阿布杜拉热西提！是维吾尔族。

院长：阿布…什么？说慢点！我得一字一字记呢……

主任：好的，阿、布、杜、拉、热、西、提。

院长：哎呀！你叽里咕噜什么呐，（院长不耐烦了）一个字一个字说清楚点行不！

主任：行呢，您听好了：阿－布－杜－拉－热－西－提——

院长：咳！告诉你只一个名额，你偏搞两个人干么？！

主任：是一个人嘛。

院长：乱弹琴！骗谁呀？一个人名三个字，你明明说阿布杜"拉"热西提嘛。你们选阿布杜去也行嘛，为啥还"拉"上一个热西提？打马虎眼呀？噢，想贪污两名额是不？没门儿！

院长秦人也，革命老干部，学历不高经历丰厚。平素习惯于一般汉人名字多为三字：马德功、李德胜之类；殊不知外族人名，按其母语词儿起名重在词义，若用汉字记音，只能一音一字，或一音多字。这样，在汉语文里就成了不表意近似表音的一长串汉字。维族人名因信仰多借阿拉伯语人名，以维语习惯转写。汉人、维人语言系统不同，群体思维特征相异；交往时若马虎，误读、误会之处在所难免。只要"各美其美"也行。但汉族干部往往忘记对方非同语"我"族，事事处处都以汉语思维想对方，忽视民族语言文化的差异和汉语具有方音、汉字又有表意功能这一事实，为记音任意用字，一不慎因误解产生不悦之事，就常有不断。当时提倡各族干部要学习当地民族语言，就曾产生过良好作用。可惜，之后"左"病伤害了何止民族工作，甚至良好而成功的传统以及科学、艺术和学术思维都难逃极"左"宰割，这

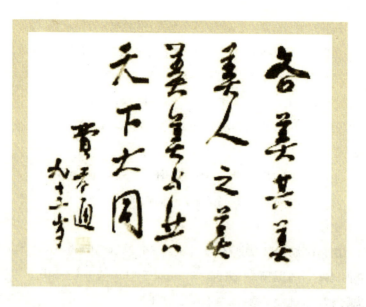

各美其美

美人之美

美美与共

天下大同

就造成有文化传统的中华民族与文明古国不应有的丧失文明、文化扫地的悲剧！

旧事重提，乃因至今这类"以我为主"、"目无他人"的皇土文化观，并非"俱往矣"，同胞出洋观光或劳务，不尊重他方民俗与文化的不雅之为（甚至惊傻老外之随地便溺），已造成恶劣印象和引人反感，虽有抢购消费之豪举，亦难抵其厌恶者也。实在汗颜！

奇也不怪。"中华民族到了最危险的时候"，中国人留洋求学，多有大成，出现钱学森、季羡林类批批大师，令海外钦仰！

不幸，时下不少高学历者的眼光却被为仕之诱映红，不惜弃业而趋之若鹜。高校行政化根源是否与"教授治校"失效、"从政"权利盛行有关？百姓血汗栽培多少高级人才，但有的是血汗苦读，学业有专，回头抛业专而不顾。痛惜！常言道人才浪费乃浪费之极。"学问是荒江野屋之中二三素心人抵掌相对的事业。"当年钱钟书们为学，甘于"素心人"的"荒江野屋"冷板凳，会不会被当前某些学子当成"二百五"、"吃错药"的主儿反嗤之以鼻呢？怕也难说。高校况且如此，社会风气可想！学者患志之不立也。防"读书无用"之卷土，便"要努力建设学习型社会，在全社会树立全民学习、终身学习的理念"。实在要害之说！从这着眼，做民族地区的工作或民族研究者，适当学习一些当地民族的语言文字、信仰、民俗的知识和技能，如同当地民族同事学习汉语文那样热情努力，请问，你是否也认为甚有必要？

（2010 年 11 月）

饶宗颐华诞的"传说"与
行庆典的"非故事"

说事，缘起于中国学界所谓"南饶北季"一说的"南饶"。8月8日，中外学者在敦煌莫高窟为中国汉学大师饶宗颐庆贺95华诞，当饶先生得知甘肃舟曲县突发特大泥石流灾害时，老人并无张扬地把160万寿礼转手捐给了灾区。因饶先生这顺手一举，让寿诞庆典仪式，又传承两千多年的古风而"前卫"地增辉了！给这样老寿星过传统寿庆仪式，人们享受的是传统美德，享受的是时代睿智，享受的是大中华文明的高雅！

"传说"之谓，指中国人，其实主要是汉人社会里"过生日"有种种习俗，层层讲究与文野典故的说法。"非故事"一说，是针对"故事"而言，说的是而今、现在、眼目下的实事。基本上是非轶闻、传言，更非传奇、炒作罢了。

本来百姓过生日，上层、名流祝庆大寿皆为个人、家庭，顶多乃家族的私人、小众活动而已，不值说三道四。倒是当今中国社会里，青少年过生日风气大浓，形成"仪式"大小的攀比。给家庭困难学子造成本不该产生的心理压力。眼下"公私合营"的一切"挑战极限"式"大发展"、"大挖钱"，惶惶不可终日地搞大搞强，的确浮躁了社会生活的一切，"过生日"，其功能也被开发到人、物、事的每一角落。有给小小婴儿过诞辰，天花乱坠大吹大捧，以传统吉言之名，行巴结上级、"老总"之实，实乃名利交换式投资也。有甚者"过生日"事项也被开发到"创新"程度。刊庆、报庆；还有所庆、命名庆等等不一而足。不是说这些（诞生、成立、被命名之类）"庆典"，都不值庆贺、纪念，而是说，这个甚嚣尘上的"庆典"，多为虚张声势非

饶宗颐与他的语录

原本宗旨，而是低俗、庸俗、媚俗之动作；以显示旨在高攀的"政绩"，或为索"礼"大搞筹资、要钱的"正当"理由。

日前，偶见一报，读了一则意味深长的故事：某地办老校百年华诞，当局造势热庆。开典时，美女大红旗袍仪仗队，笑容可掬列队夹道摇花欢呼迎嘉宾。上百嘉宾一一按官阶大小，靓丽登满主席台。校友/嘉宾的恩师们呢？台下仅存一二"摆设"罢了！事后，一校友设法见到当年恩师交谈后，方知原来教授虽曾沧桑但也耕耘未辍，桃李虽也校官盈园，但一非"国学大师"；其二无任何官阶职衔；指望捐款吧，他乃文科穷酸，常有出书策划，盖楼正筹款哪有出书钱？！所以，恩师们台下听当官、发财的历代弟子激昂慷慨演讲，自己有什么不光彩呢？

如今，学校成了生产办事者的地方，掌权者是这里一级级升迁的过客；师之"名""才"之定，还不仗领导给你定夺？不尊重之说何有？

办学历史的有无，积累、沉淀的丰歉，对眼下当事者都一无关系。"教授"、"博士"头衔的吸引力，已是明日黄花！"大师"越少则"大官"越多。只要当上"院长"、"所长"，"教授"、"博士"、"课题"都会由行政为你操心。做法皆然，何怪之有？

学府没有了连续记忆，这个学校已是苍白而模糊的数字；被改写了历史的教育场地，其前途自然是有景不见人的荒芜。什么才是文明古国的悲哀呢？

真不知以培养人才为己任的高校，何时才可摆脱过分行政化、功利化的碾压？老大帝国的英国纽卡斯尔区议员凯尔·泰勒，因公务繁忙而上课率不足50%即被所在学校开除了事。一个英国中学在权力面前的独立自主性说明：教书育人之业是神圣的。中华民族一定会修炼到不以"博士"、"教授"虚名当官也绝不会痛感面子上无光的！"教育事业发展的关键在教师"，不在官员化了的那类"内行"身上。

强国先强教！

（2010 年 8 月）

读书新动态，极"左"新动向？

联合国教科文组织定4月23日为"世界读书日"。文明古国五千年哟，时下含啤酒节呀、西瓜节呀，这个节、那个节与日俱增，中国的读书节还需旷日持久策划？当然"不"！《文汇读书报》载，我国年人均阅读图书4.5本，低于韩国的11本、法国的20本、日本的40本、以色列的64本！而另项调查则显示，国民每天平均接触报刊、图书时间有所下降！在高校学科圈子里，总有痴心坚守，利用一切机缘千方百计推动学子一块儿读读书。诚如张元济先生名言："数百年旧家无非积德，第一件好事还是读书。"本刊于是，便将结构主义大师克洛德·列维·施特劳斯（Claude Levi-Strauss）2009年10月30日辞世之后，学子们"为了悼念的阅读"所写一组读书报告发表于本期，也是"别想摆脱书"而权作纪念学术伟人追逐书香的实际行为罢了。其实如今阅读手段多样虽为不假，而这阅读最丰盛时代里的深度阅读流失，您还别说，却也真实呐——！

虽然近几年来在热心学人操劳下，敝刊极力开辟"学术书评"专栏，除以此推动学子必读书目之完成外，也想沿袭国际学术期刊重视书评惯例，开学术互动风气。不避时髦嫌，看可否算作刊物促进书香为目的的"国际接轨"？上期，本刊发表"从读B.A.季什科夫的《民族政治学论集》谈起"一文，即此类中之一篇。

　　不料据悉行内亦算刊人、学人个别者，对此竟有"大惊失色"之愕然。言，看到我刊发出了"以文革极左面貌""企图搞民族同化"文章，短信提醒大家密切注意动向云云。联系本刊欲清扫学术垃圾，曾发过某些不苟常说，有新观点、新思想的论文，以践行正常"百家争鸣"方针。突有"过敏"者生风，真感有"十年动乱"帽子功影像；品其味，倒是"左"气不淡！

　　刊物者，学人发言园地；交流学术观点、分享心得平台之一也。编辑不过栽花护花工友罢了。有新见解者，请台上发表；来的都是"文"，全凭理第一，只要有论据，"台"上来交流。若反其道，既不示文会友，又恋陈词老调，若再加流言，就难脱行文不义之嫌了。这，时代新人早已不甚习惯；即便于上代人呢，除痛苦记忆，怕也难为黑色幽默耳！学界同仁都有传薪之责，还是别给80后、90后们留下时代阴影，总是阳光好些嘛！

　　仍是为了"遥望星空"捡"他山之石"，考虑到还有些同人不一定都可直接去读外文。我们也把某一外文刊物对我刊作者的评论，发表出来，看看外人的"他者"观点，聊备参照而已。我刊视"引进"、"传播"学术信息皆为办学术刊物的责任之一。

　　Asian Ethnicity《亚洲族群》季刊。属于跨国 Routledge (Taylor & Francis Group) 出版集团，总部分别在英、美两国，刊号：ISSN 1463-1369，主要刊登研究亚洲族群问题和族群调查论文，为我刊读者提供内外相关资讯之我举，不知确当否？还待贤达点拨。

　　又是出于此情与动机，本期我们专发了王凡妹的长文《美国"肯定性行动"的历史沿革——从法律性文件的角度进行回顾与分析》，为真愿了解、探索"他者"真相，又肯深读、思考的界内朋友提供方便。这样的长文，内涵丰满犹嫌短也。

丁亥年清明公祭轩辕黄帝典礼举行

  不久前的昔日，巍巍乎苏维埃大厦二战后何曾了得！引得对手与不平者，地上地下"功夫"何止一处下？轰轰然昔日巨厦一夜倾塌！当年千百计、重金耗亿万，竟成白搭"瞎操心"？欲速解谜者，涉及方方面面的国度与人，那么前日"老大哥"之今学人如何冷思考？旧日"两霸"之一的对手又如何热评解嘲？不同的眼睛不同的视角，与我们有无借鉴之处呢？想来会有共识。今后我刊仍有提倡之计划。

  近有作家言"历史毕竟不是由我们可以肆意摆弄的'驴打滚'，别动不动就拉上台来为我们粉墨表演"。说的是时下祭祖性的公祭热现象。那么学者们又如何看待呢？

  我们发出了《中华民族的共同文化与"黄帝崇拜"的族群狭隘性》一文，意在专业性思考。

  期盼不至于又被某些同行传为另有"动向"，"注意"！幸甚。

（2010年5月）

科学的春天：借光 105 岁老学者周有光的如是说

读报，看吴虹飞采访记《周有光：105 岁从世界看中国》*（南方人物周刊 / 日期：2010—2—5 刊出；《文摘周报》2010—2—9 等另题摘转）。内引周先生谈话，前辈言近而旨远、语朴且真诚，闪烁着智慧的光泽；年高不迁，盛名却虚怀若谷。可令某些食而不化惯常昏话不断的前沿"超人"者；年高资深习善柔便佞类"大家"者参照反省。敝刊宗旨，企为学科建设和人才培养略尽绵薄。意会心谋，目往神授；故借周老之光，叙办刊之意。

周先生说："我们的自然科学越来越发达，用的是科学思维，但我们的社会科学还很不发达，自己限制自己，有很多处于玄学思维阶段。……我们至少在社会科学方面还停留在玄学时代，很多思想没有引进来。比如没有引进教育学，教育搞得很糟糕。许多社会规律在我们这里都不起作用。

"整个来讲我们还在第二阶段。我们是在前进，速度是比较快的，

---

* 南方人物周刊 / 日期：2010—2—5 刊出；《文摘周报》2010—2—9 等另题摘转。

这一点是很好的。'满招损，谦受益'，假如这样，我们可以发展得更好一些。

百岁寿星的快乐人生

"文化不分国家。要从世界看国家。不能从国家看世界，老一套的宣传迟早要改掉的。

"前两天我看到这本《许倬云访谈录》，有一段话很对，大意是说过去我们讲爱国，现在全球化年代不能这么讲了。法国人爱法国，德国人爱德国，于是打了两次世界大战。要爱人类，从爱人类的角度来爱国。这种想法在英美很早就有了，我最近写了两篇文章稍稍提到一点，出版社说写得太心急了，不知道读者能不能接受得了。说真的，迟早我们要接受，这是一个趋势。"

受周先生启迪，我们一度考虑学术刊物在当今共同推进学科建设与人才培养上应有怎样全球的视野和"引进"？组稿、选稿上怎样培育"伯乐"的科学思维不陷于玄学而举步维艰？于是我们联想到人类学、民俗学某些方面在中国的状况，组织和编发了一组"涉外"的思考，比如："海外"对于中国学界的意义。"因天下之心以虑，则无不得，因天下之目以视，则无不见"（唐·高郢《再上谏书》）。

帝国时代，八方诸国环绕之中国，有一套以"文野"、"华夷"来表述关于自我与他者的社会认知。近代以来的思想与学术可以说都是在诉求改变这种认知，以适应中国与世界的新关系。

中文用"海外"指国外，表示的不仅是在空间上外国对中国人是遥远的，而且在认识上外国对于中国人是难以企及、难以把握的。中国现代社会科学已经有百年的历史，但是外国对于中国学界一直还是"海

外"，仍然并非实地调查的知识生产对象。

本期之前，我刊曾零星发过王铭铭关于"天下"、"海外"的议论。本期则集中发出高丙中等一组四篇文章，尽管在议题上各有侧重，但在研究取向（Perspective）上是共同的，那就是协力开掘"海外"对于中国学界、中国社会的意义。这种努力无疑是中国社会科学的新亮点。时至今日，我们认为值得学界同仁关注。

以此类推之，我们也认为，鉴于联合国教科文组织近年来出于文化多样性目的力推人类口头与非物质文化遗产保护工程，得到中国朝野积极而有效的响应。因为今天中国人已经认识到"我国文化遗产蕴含着中华民族特有的精神价值、思维方式、想象力，体现着中华民族的生命力和创造力，是各民族智慧的结晶，也是全人类文明的瑰宝"。

那么对于中国文化学、民间文化、民俗学、人类学以及相关学界，不也是一种实践新"天下"观、"海外"观，引进来、走出去，大力发展相关学术研究的难得机遇吗？遗憾的是，这种能促进多方面原创性成果的学术声音，目前尚非响亮。其中基本原因之一，不能不从学界自身来反思，来寻觅。本期我们也发表了这方面的几篇文章，期望能引起相关学科同仁们的兴趣，开展针对我国"非遗"问题的文化遗产学方面基础理论的研究。

(2010 年 2 月）

"最多"的欢欣·"少得可怜"的提示

日前媒体报道，9月28日－10月2日，联合国教科文组织在阿联酋首都召开的"保护非物质文化遗产政府间委员会第四次会议"上，含我国申报的22个项目（即：中国传统桑蚕丝织技艺、南音、南京云锦制造技艺、宣纸传统制作技艺、侗族大歌、粤剧、格萨（斯）尔、龙泉青瓷传统烧制技艺、热贡艺术、藏戏、玛纳斯、花儿、西安鼓乐、中国朝鲜族农乐舞、中国书法、中国篆刻、中国剪纸、中国传统木结构营造技艺、端午节、妈祖信仰、中国雕版印刷技艺、呼麦）在内的76项被列入世界"人类非物质文化遗产代表作"名录。此前，我国已入选昆曲艺术、古琴艺术、新疆维吾尔木卡姆艺术、蒙古族长调民歌（与蒙古国联报）等4项，与今年批入的数字相加为26项，若再加本次又被列入"紧急保护的非物质文化遗产名录"的3项（羌年、黎族传统纺染织绣技艺、中国木拱桥传统营造技艺），总数达29项。至此，在世界级"非遗"申报方面，中国的申报成功，使中国立即成为"拥有全世界人类非物质文化遗产代表作最多国家"。原来，之前教科文组织每两年审批一次，每次一国申报一项！曾经2001－2005五年时光的三批申报，中国入录项目共计也仅4项而已，在三批"世遗"共90项中，中国占4项，今年一次

在甘南玛曲草原上，离不开藏族青年朋友当向导

即被批入 26 项之多；在全世界 166 项入选"名录"中，中国以总数名列第一。更须国人关注的乃是，其中少数民族和民族地区的项目包括前已入选的新疆维吾尔木卡姆、蒙古族长调民歌和此次入选"世遗"的贵州侗族大歌、《格萨尔》史诗、青海热贡艺术、藏戏、新疆《玛纳斯》、蒙古族呼麦、甘肃花儿、朝鲜族农乐舞等，是尤其具有深远意义的大事！从这个角度看事情，这难道还不是今年中国又一桩值得关注的特大信息？按中国人寻常心理特征，若曰之为"喜讯"，"背"之无有，可也。

然而，媒体也报道说，目前为止，全世界共有 166 项入选名录，中国以总数 26 项名列前茅。有人士估计，相当长时间内，其他国家很难超越我国创造的纪录。中国"世遗"数急剧膨胀的背后，"到底是喜还是忧"？

"中国非物质文化遗产保护中心常务副主任张庆善教授在受访时表示，中国入选的项目不是太多了，而是'少得可怜'"。

那么究竟怎样面对这种现实呢，"我国创造的记录"是"其他国家很难超越"的"最多"应该欢欣而"马归南山"？还是因"少得可怜"而再接再厉地争报不止呢？

须记起"非遗"的所谓"名录"其本义，是教科文组织以保护"非遗"为宗旨的一种方式。关键词是"保护"。"名录"者，乃须保护的在案"登录"！这其中蕴涵着两层意思：1.先辈们积淀的某项智慧已形成全民族认同的具有深远价值的优秀文化表现形式与象征，它是值得自豪、保护、传承、发扬以为可持续发展提供用之不竭的智慧之源与文化归属；2.它独有的文化特征与激发创造性的内涵，同时也赋有为全人类共享与文化多样性的价值和作用；在新世纪，我们对其的保护、继承与发扬，既是中华民族伟大复兴之需；也是中华民族为人类所作出的贡献。它的魅力与功能是全民族、全人类取之不尽的永久性；而非一个仅

王平凡、钟敬文70年代与民间文学工作者在一起：前左3为王平凡，5为钟敬文，钟右侧为作者；右2为《江格尔》首译者胡尔查；右1为藏族《格萨尔》最早搜集者余希贤（索南才让）。

仅表"存有"的光荣符号。但不可忽视的是就在当今，它对举族与人类具有一定艺术价值与作用的同时，还是在濒危状态与处境时被提出和认同的。它的被选批诚如有关部门负责人所指出的，既是国际组织对中国"非遗"保护工作的肯定和彰显，也意味着我们要肩负保护的重任。于我们，这是一种机遇，更是责任与使命！

　　然而，以往考察与现存真实表明，"非遗"保护因立法久滞，情状极不平衡，重申报、轻保护之情并非稀有。某些地方出于利益驱动，长官意志挂帅，图政绩，借"开发"把"非遗"当成面子工程对象。如同俗语所言"猴子摘苞谷：摘多少丢多少"。因此今后关于"非遗"的有效保护一项，似应成为当务之急中应议之举，把争申"世遗"的热情引向强化"重保护"的综合性大计上，要有"保护"者，乃保护我们中华民族的遗产；也是中华民族为世界做贡献的"保护"，这一当代中国人应有的气派和精神。不知贤达以为然乎？

（2009 年 11 月）

据事实以实录，立存照为明哲

《西北民族研究》，乃研究西北地面诸民族及其学术之期刊；西北之谓，乃中国领土内与东南相对而言的一部分。凡所属范围内之古今各族群、民族之文化事项，皆为本刊直面的现实、探究的对象。自然，部分是全部之有机部件，专注部分其要点仅是侧重而已；全部亦系部分之有机组合。专业分工，乃一学科的角度、视野罢了。有了时空、角度视线定位，可准确依序办刊。"杂志"，记载于文字（抑或图像等）是为其主旨之一也。

2009 年 7 月 5 日，西北一角之新疆，曝出重大新闻：四座惊诧，实录如下。

新华网乌鲁木齐 7 月 6 日电 7 月 5 日 20 时左右，新疆乌鲁木齐市发生打砸抢烧严重暴力犯罪事件。据了解，民族分裂分子热比娅为首的"世维"近日通过互联网等多种渠道煽动闹事"要勇敢一点"、"要出点大事"。一些人在乌鲁木齐市人民广场、解放路、大巴扎、新华南路、外环路等多处猖狂地打砸抢烧。截止到 23 时 30 分，已造成多名无辜群众和一名武警被杀害，部分群众和武警受伤，多部车辆被烧毁，多家商店被砸被烧。有关负责人指出，事实表明，是一起由境外遥控指挥、煽动，境内具体组织实施，有预谋、有组织的暴力犯罪。（据7月7日人民网记者直击乌鲁木齐打砸抢现场）

受损门面房203间，民房14间，总过火面积达到56850平方米，全市共有220多处纵火点，有两栋楼房被烧毁（人民网）。

人民网7月17日报道 截至7月16日18时，乌鲁木齐"7·5"事件死亡人数已升至197人，直接经济财产损失达6895万元。目前，全市累计确认108具遗体身份，已安葬无辜死难者39名，发放抚恤金800万元，安葬费56万元。22日，在首轮中美战略与经济对话新闻发布会上，当有记者问到"7·5"事件时，外交部副部长何亚非表示，新疆发生的"7·5"事件完全是中国内政，其实质不是民族问题，也不是宗教问题，是境内外"三股势力"精心策划和组织的一起严重暴力犯罪事件。何亚非表示，热比娅在国外包括在美国从事分裂祖国的活动，这一点中国人民很清楚，美方也应该很清楚。希望美方能够约束热比娅，不要让其利用美国领土从事分裂活动。

"7·5"事件发生后，土耳其总理埃尔多安公开指责中国，宣称"7·5"事件是"种族灭绝"，指责中国政府对维吾尔族采取"同化政策"，他的言论不但受到我国政府的当然驳斥，也被德国的一些网民所斥责。日前，乌鲁木齐举行外国专家留学生代表座谈会。70余人出席。在座谈会上，外籍人士还对"7·5"事件的暴徒予以强烈谴责，因为他们竟然对妇孺施以暴行（据本报记者王慧敏、戴岚、王南、曾华锋、龚仕建、刘维涛）。

难忘传播"和平、友谊、进步"理念的世界人民最盛大体育节日：

哈密为非遗代表作木卡姆新修建的传承保护活动中心

2008 年北京奥林匹克运动会期间，极少数"藏独"分子从中国西部一角之西藏拉萨曝出惊人新闻：

> 2008 年 3 月 14 日下午，拉萨市区发生了严重的打砸抢烧暴力犯罪事件。犯罪分子纵火 300 余处，18 名无辜群众被烧死或砍死，受伤群众达 382 人。视频真实记录了被"藏独"分子残忍杀害的无辜民众。他们手段之残忍，行径之恶劣，令人发指。

2008 年 3 月 14 日，西藏拉萨发生了打砸抢烧的暴力事件，扰乱了社会秩序，危害了人民群众生命财产安全，引起西藏各族群众的强烈愤慨和严厉谴责。据官方发言人称，这起暴力事件是达赖集团有组织，有预谋，精心策划的。

一些外国媒体在对这一事件报道时，刊发了大量歪曲事实的报道，这引发了人们的抗议。

今日，草原上藏胞孩子们天真活泼

　　"去年，拉萨发生的'3·14'打砸抢烧严重暴力犯罪事件，是一起由境内外'藏独'分裂势力策划煽动的严重破坏社会秩序的事件，是我们同达赖集团长期尖锐斗争的集中反映，有着深刻的政治背景和复杂的社会背景。"——摘自 2009 年 1 月 14 日，西藏自治区九届人大二次会议上，常委会主任列确所作自治区工作报告。

（2009 年 11 月）

20世纪初，农奴时期布达拉宫的原貌

庙会·民间信仰与文化的非絮语

　　"庙会：五彩缤纷的社会风俗画"——这是今年《中国文化报·文化遗产周刊》的一期大标题。该报用一个版带读者到几家庙会上去热闹了一番。我们不妨重温一下当时的景致："北京东岳庙：祈福求吉好去处"；"武当山庙会：朝山进香开道场"；"佛山祖庙庙会：……"

　　显然受篇幅所限，连刊头语里举到的几处著名庙会，如赫赫有名的北京市妙峰山庙会和山西晋祠庙会、上海龙华庙会、陕西铜川药王山庙会等等也未能去逛逛。但是，主编的"意思"是到了，因为"去年公布的第二批国家级非物质文化遗产名录中，庙会名列其中"。这只是举一反三。事实上各国、各族整体文化里初自信仰、宗教，后形成民间群体民俗性的"庙会"类型，多得去了！蒙古族"那达慕"/敖包祭仪；藏传佛教民族某些节日聚会；傣族等"泼水节"、回维及其他民族节日仪式最初差不多都和信仰、宗教、神话有着直接关系。

　　毋庸置疑，庙会所以谓之"庙会"者，乃由：寺庙为其依托，信仰为其动因。中外皆然。庙会于中国历史久远。文化史表明"我国约在五六千年前新石器时代已有庙会活动"（据 1986 年辽西牛河梁女神庙地下遗址考古发现证明）。东晋、南北朝时，战乱频仍，佛教得以广泛流传，对当时政治、经济、文化影响极大；北魏时，修庙之风大兴，仅洛阳一地寺庙 1300 余座，庙会也代替了原来的社祭活动；盛唐，统治者开明，思想界活跃，儒、佛、道等各种思想及宗教得到广泛流传。明清，"行香走会"已风靡一时，至近现代，农民自发兴办的祭神大游行中民间艺术活动大展风采。从而使庙会文化得到了取之不竭的资源补充与提高；祭神的社戏、皮影、杂耍、"酥油花"、傩舞、竞技等呈现繁荣景象，对社会产生了强烈吸引力。而百艺、游乐事象之增、商市经贸自然兴隆茂盛。原初的庙会发展形成以庙宇俗信为载体、融社会各界多元文化现象的群体文娱活动。价值也远远超出佛道儒之边界，而具有中国历史、艺术、文化及经济等多方面的价值了。

事到如此，仪式、道场、巡城、朝山之类，对善男信女无非由自心灵一个朴素之"善举"涉及对大自然、神灵求吉祈福、朝山感恩，以调和人与人、人与自然生态和社会之关系，满足心态所求。对商贸、手艺杂耍一界，早已是本着物质的城乡交流，全为市商盈利；乘庆典节日，展现才艺而已。对于市井凡夫俗子们，不过为着一观市面、解压休闲、娱乐罢了。

足见，"庙会"产生与形成、发展，是社会物质和大众文化发展的必然；也是人类进化中精神世界的需求。庙会是一种历史、文化现象。这种中国文化"现象"，因历史传承而影响深远；因牵动城乡百姓而波及广阔；因涉及各族群体多元文化而覆盖力十分宽广。从经验看"庙会"来自民间，按传统，引导不包办；依法民事民办。俗话说"众人是圣人"，民间有智慧，民间有能人。民办，来自生活之需，依着社会文化传承发展规律，创新不断，就会办得生动多姿。2008 年，仅北京一地办出 14 个庙会，参与者竟达 390 万人之多。这是世界民间大众文化中，罕见的巨大文化资源与消费势力！

妙峰山庙会一角

　　那么，在如今"全球化"，文化多样性与人类全面发展，拉动内需，"非遗"保护等视野与语境下，如何积极对待这一宗含多民族文化特色"庙会"性质的群体联欢聚会，如何评估这类虽源自宗教、信仰的群体"狂欢"的重大意义？——道理该是不言而喻的了。

　　既如此，当我们从"文革"前形成的旧文化樊篱中冲出之后，再提办"庙会"时，患过左病之士，还会"谈庙色变"吗？

（2009 年 5 月）

还得提"西北之学"、"边政学"和西北民族的研究

著名史学家赵俪生教授

《西北民族研究》创刊号正式问世于 1986 年。今年这册春季卷是她的第 60 期。由开编时的半年刊走到 20 世纪终结的 2000 年，行程 14 载，共出 27 期 28 本，应"新世纪"之发展始改版为季刊。这期间，曾率先走进这块学术园地的老一辈各路园丁：费孝通、季羡林、杨堃、马学良、宋蜀华、吴丰培、谷苞、蔡美彪、赵俪生、苏北海、方龄贵、牙含章、秋浦、清格尔泰、王沂暖、李国香以及耿世民、张广达、荣新江、余太山、林梅村、黄盛璋、陈高华、纪大椿等等，都带着"西北之学"的传统精神把耕耘汗水投洒在这块厚土上。于是一批批各民族的"童男玉女"，从这块高原上的一畦绿洲迈上"西北民族之学"的路程，并终于一拨拨登上这块广袤天地内的学者、教授、博导的岗位上，或成为西北各条学术领域更宽广世界里的学术中坚与骨干。

这 60 期刊物经历了 23 个春秋，身后留下了她涂鸦的墨迹、蹒跚的脚印；而眼下却适逢她的花季，充满着青春的蓬勃气息！其健康成长的

根本所在，是出于她在中国改革开放、实现"四化"的春天"横空出世"又"阅尽人间春色"；其发端是完全在西北学人摆脱"十年动乱"的阴霾后，不为市场、官场诱惑而动摇，仅为一个西部开发的历史梦想，勇于解放思想，冲破禁锢，不懈怠，默默无闻地谋求学术的发展而将其孕育、培育在高教的学科建设中。一个立意要高、视野要宽、继往开来、

王国维

培养新人的新生刊物——《西北民族研究》，就是这样"应运而生"！她没有在"吹皱一池春水"的间隙冷风乍起时被日弄倒下，异于曾同路，或心醉"赵公"，或神迷名利初衷枉费半途夭折之那类，徒落昙花一现之哀；庆幸它全在一个对"改革开放"大局面诚信的坚定不动摇；对善于"折腾"且习以为常的那类敢于藐视，冷眼以待之。要感谢时代赐予了机遇。

其实呢，没有对传统之继承，哪有对未来之开拓而言？西北区域概念形成是在张骞通西域之后，经汉、唐至宋以降，陕、甘、青、宁、新五省(区)所辖之地，遂成为西北区域概念，这经历了漫长历史演变过程！当年赵俪生先生特为本刊创刊号所作专文《论晚清西北之学的兴起》中，对清季学术衍变引王国维"三变"论；指出"四夷"和"四境"之说，已"带有了方向性"。"包括西北历史地理之学（西北舆地学）和西北少数民族之学，就是沿着清朝第三阶段'道、咸之学'的端绪。"赵先生一一评述了从兴起到兴旺的各路学人承继之关系后，指出"鸦片战争前后，一大批爱国学者看到国势的转衰，看到外国入侵力量的胁迫，感到对祖国境内一些边徼地区、一些不发达地区、在科研上是一些空白点的地区，一些少数民族，有一种过细研究的迫切需要。他们看

王国维先生手笔

到了，并且马上动手来弥补这些空白点和缺门。他们一步一个脚印地开辟了这条路。那么，我们后人看到这种情况，就有责任同样一步一个脚印地把西北史地之学、西北民族之学的火炬点燃得更旺，并且一代代传递下去，获致更丰厚、更过硬的成果出来"。

新中国建立后，民族院校实际也含纳了有所继承的民国时期相关高校边政系、少语系的部分教科基础，在那个特殊时代里，既借助了历史的后劲；也沿着时代的潮流，有曲折，然西北民族之学的火炬被点燃得后有来者而前无古人。只是意识形态色彩的有异罢了。是传统的继承、积淀，才是现在的发展未来的开拓。当今日回顾学术往事时，难道我们不是这样来看待科学史的形成吗？！

（2009 年 2 月）

从"处级和尚"想到学科身份座位

2008 不寻常的中国一年：可歌可泣之事固多，应忧患之项也不少。喜极忘忧——宁有不惧？就本学界言即如是。汶川大灾的人类学思考与关怀虽少尚及时，羌文化灾后得救实也可贵！从三聚氰胺牛奶到大陆鸡蛋而推至饲料的沸沸扬扬，再想当年 SARS 世惊，人类学家们安心何有？凡此等等深层，须深思、须探索之处，也不可看作是些鸡毛蒜皮！

2007 年 3 月 30 日在北京召开了中国人类学民族学研究会成立大会（请注意人类学列先）。虽然世界人类学大会因故推延，但中国各地学术活动却也频频在目。

上海大学人类学研究所 2008 年成立（看来没担心这非一级学科）。

"复旦—哈佛医学人类学合作研究中心正式成立（中国人类学界极大关注）。

云南省人大代表联名呼吁建立"影视人类学影片基金"和影视人类学资料片库，使民族志纪录片拍摄工作尽快全面展开（不知他们为何不顾此乃二级学科）。

有报道：日前出版的"复旦—哈佛当代人类学丛书"第一辑三

本著作涵盖了哈佛大学顶尖人类学家的最新力作。

复旦教授张乐天认为，人类学正逐渐深入到当代生活中，发挥着难以替代的作用。陈映芳教授也指出，人类学研究在我国自吴文藻先生、费孝通先生之后，似乎就后继乏人，在很长一段时间内，人类学被并入社会学范畴，地位很低，与此相反，欧洲等地却对人类学研究表示出极大兴趣（按说应该接轨）。

然而，与这些动向异同，也有一种另向值得关注：在我国目前民族学、社会学既定为一级学科，人类学、民俗学等便"沦落"为二级学科，依次排序。以此，学科建设中不顾各校差异、特色、条件，为自尊大，群拥抢占"一把交椅"企以"一级学科"为旗号，以示高于诸校一等的学科身价。结果各校学科建制名称千科一面，学科个性特色则正待被"规范划一"。

宁夏回族口弦传承大多已成为中、老妇女的记忆

君不见，中国与海外，人类学学科建设与应用的势头，早已凸现出了那类好大喜功、因循虚荣者们追逐"大家都这样"的思想：平庸，苍白。

"一个民族多一些经常仰望天空的人，这个民族就大有希望；而一个民族总是看自己脚下的一点事情，那她很难有美好的未来。一所好的大学，不在高楼大厦，也不在权威的讲坛，也不在到处张扬，而在每一个人的灵魂和生命。"——温家宝在同济大学讲话之所以掌声雷动，难道不无启迪？

当某些高校还由行政做主步伐整齐地以"一级学科"做虎皮大行权力时，老外乔治城大学成立人类学系。学校教务处长 James O'Donnell 向人类学系与社会学系成员指出他将会尊重两系分开的决议。而我们个别大学专业设置、新学科建设，行政管理者（非服务者）左顾右盼，急欲抢大又怕超越他人项背，专业教师学科带头人们的发言，日趋贬值。哪有大学的文化创造力一说？

"所谓大学，就是追求大智慧"——智慧不从"听话的"庸才出；也不仅仅从学校长官出。大学文化精神的传承人是本校专业教师和学者教授们！断了此，充其量大学只有大规模的物质形态，而没了属于自己的非物质的灵魂！

故大学发展，不全指场面，还讲文化、灵魂、精神，她是灵动的，她是超越的，她是有个性思想的。——这些得靠积累形成各自精神传统。以"和尚定级"律对待学科级别身份，用世俗的趋炎附势而动，就高校看也是贻笑大方的。

前中科大校长朱清时的名言是："做校长，重要的不是我做了什么，而是没做什么。"真是高人出名言，就是高！这才是科学发展观的实践。

（2008 年 11 月）

2008 年 8 月 8 日，中华民族的记忆

2008 年 8 月 8 日——中华民族一个永远记忆的历史时刻。

2008 年，一个极不平凡的年头，却让中华民族圆了一个百年的追梦！

2008 年 8 月 8 日晚 8 时，中国大聚会，"同一个世界，同一个梦想"！第 29 届奥林匹克运动会——北京奥运会，今夜终成真。80 多个国家的元首和首脑，204 个奥运大家庭成员，16000 名运动员和教练员；中国体育代表团共 1099 人，其中参赛选手 639 人，创中国历届奥运会参赛人数之最。中国和世界，一起见证着：2008 年 8 月 8 日晚上 8 时，北京鸟巢开始创造出一页新的历史。

不同文化，共享狂欢，中国与世界拥抱，普天同庆，扬眉吐气，百年奋斗，梦想成真……

"2008，中国"，被认为是收获 30 年改革成果的一场盛大仪式，相沿两千多年历史的奥林匹克运动在 21 世纪之初，与五千多年传承的灿烂而古老中华文化交相辉映，这是一个注定要载入史册的永恒记忆。

《我和你》——北京奥运会主题歌，英国女歌手莎拉·布莱曼和中国歌手刘欢唱起："我和你，心连心，同住地球村。为梦想，千里行，相会在北京……"

开幕式上中国人以自己的思维、文化、艺术奔泻而来的智慧与热情，做人做事的诚信，"绿色奥运，科技奥运，人文奥运"的承诺，被美轮美奂地一一展现。

片段之一：2008名演员用高科技击古老之乐器缶而歌，吟诵着"有朋自远方来，不亦乐乎"。手持竹简的810名古装士子，齐诵"四海之内皆兄弟也"、"三人行必有我师焉"，897块活字印刷字盘变换出不同字体的"和"字与蜿蜒耸立的长城……"画卷"、"文字"等节目形象地重新回顾了五千年中国文化和古代"四大发明"的魅力。

片断之二：中国队持旗手、世界级巨人运动员姚明伴着四川省汶川县映秀镇渔子溪小学二年级小朋友林浩，走在队伍最前列。……汶川特大地震发生的那一刻，仅9岁的林浩竟能冲进废墟营救同学，被评为抗震救灾英雄少年。中国人民面对灾难表现出的坚忍不拔、顽强不屈，曾让世人感动不已。这一大一小的出场安排，意味深长，"中国加油"欢呼不断。

片断之三：各国运动员入场时，都在体育场中央的画面上留下了彩色足迹。五颜六色的足迹与文艺表演组成的图画，共同构成一幅"人类家园"行为艺术的多彩和谐。

画外：周口店遗址一直被认为是20世纪古人类学研究中最具价值的发现，并且至今仍然是世界上最完整、最丰富的古人类遗址。今晨7时，北京周口店遗址博物馆前，圣火护卫队员手持火种灯点燃了第一棒火炬。火炬手喜剧演员冯巩说，我仿佛穿越了时空隧道。在很久以前，这里就曾燃起人类文明的火种。

组委会主席刘淇说，北京奥运会的重要使命在于促进世界各国文化的交流。国际奥委会主席罗格在开幕式上致辞。

古希腊赫拉神庙前采集的太阳之光，在过去4个多月里，跨过五大

在台北与著名人类学家李亦园先生亲切晤谈

洲四大洋千山万水，在 960 万平方公里的中国大地，历海拔 8844 米地球之巅珠峰的攀登，经全世界两万多人手手相传，今夜，终于来到北京的鸟巢。

2008 年 8 月 8 日晚上 8 时，北京国家体育场，历史的新一页正在诞生。

2008 年五月，中国大灾大难！但中国人相信"多难兴邦"，大善大爱的悲壮，使人们刻骨铭心。的确，"世界给中国 16 天，中国给世界五千年。"（美国华侨语）

（数据据媒体发表的信息）

（2008 年 8 月）

有希望：真话的力量

本刊是一份带有专业性质的刊物，由学校编办，立足西北，但面向全国，参与国际学界对话。创刊伊始她就被定位为外向型刊物。原因是：一、它诞生在中国改革开放的好年代，我们当时受惠于邓小平理论，深信中国从此会走向世界；二、是它的学科专业性质所决定。就人类学、社会学与民俗学的现代性学科属性而言，确存"地方性知识"但绝非属于传统"国学"范畴；三、西北民族大学于20世纪50年代初应运而生后直至"十年动乱"结束时，虽不曾忘记共和国首座民族高校的资历，但竟然忘记了高校应办学报一端。改革开放了，老校振兴来机遇，学报不仅办成了，还有了民族文版与自然科学版；同时也成立了首所研究所。在科学的春天，研究者雄心壮志便创办这份自己动手编辑的《西北民族研究》，当时，它得到上级主管、专家学者和民族地区的一致认同与支持。

不过中国之事，好事多磨。这类刊物易看不好办。我们要坚守学术标准与规范，上级要求遵守管理与纪律；前者"死搬"会得罪人情欲坚守则大不利，后者如履薄冰怕大意失荆州丢掉牌子。但不论怎样看，刊物起点高一点乃其时"时势造英雄"，它同时也锻造了它的办刊者，欲上岗必备一个资格和品质：他们应是本学科的"知识里手"既懂行非"李鬼"，又学术面前尊老爱幼平等待人；既不以学位职称虚名而忽悠，又要肯作嫁衣不看人上菜。更不霸刊作"集团"领地，靠发稿而失自尊；不当专业编辑干兼职，还就得任劳任怨。这一切是本行学人为本行学术发展和本行学科建设而办刊。——这是当初费孝通先生所言的"专家办刊"之核心含义。

专家即专门之家，仅仅就是一门的"专家"，不可把专门知识与权力去合谋，一旦合谋了，失去了专家的不仅是"学术权威"也是办刊"权力"和主动。为了尽力做到这点，以保证办好老中青学人都可认同的学刊，还需要有淡泊人生、埋头苦干的一点骨气；是不计名利的投入，有时何止要承受无人理解、不被欣赏的代价！还有不被发稿的怨恨、咒骂、诬陷和"只能领会无法言传"的权力报复！

这些实话——也是《西北民族研究》编办过程中，我们才懂得和学会的！

近日，我们也听到了理工科学者发出了振聋发聩的真话，中科大校长朱清时院士说："高校评估该停了！""青年教师觉得你校长也是道貌

"十年动乱"后巴金一气写完《随想录》

岸然的，你们集体作弊，欺骗教育部，欺骗专家组。学生会觉得你们老师也在作弊，还让我们帮着你们作弊。学校还有什么道德力量去要求年轻人不作弊呢？"

这使我们不由想起几年前清华大学陈丹青教授出于无法适应现体制研究生培养而愤然辞职的报道，央视放了专访又能怎样？教授们在教育上能有多少话语权，令教授们深思不已……

但是朱院士，仍然充满了信心大声疾呼"赶快停止这样的评审"！

讲真话难！巴金老人最后还是讲了真话。报载，复旦贾植芳教授因说真话坐十年监狱；《丑陋的中国人》的作者、当代标志性文化巨匠柏杨因写真话也在台湾火烧岛享十年铁窗。

人，之所以为人，第一是要自己有尊严；第二是要尊重别人的尊严，而且是诚挚地尊重。

——这是柏杨的话

我觉得既然生而为人，又是个知书达理的知识分子，毕生的责任和追求，就是把"人"这个字写得端正些。

——这是贾植芳的话

瞧，敢于说真话的人终于越来越多了，中国是有希望的！

（2008 年 5 月）

像《日藏汉籍善本书录》那样治学
与"知识扯淡"

　　在中国，自学术、学人由"文化大革命"的动乱中被拯救出来后，"重视人才"的崇智氛围，使"臭老九"地位直线飙升。大治之需，不仅感受到学术春天重降文明神州的和煦；昔之"牛鬼"竟也被拨乱反正，教授之类身份的还原、更有教授加官者的重现，使臭渐香。不仅引起四海内"或低首下心，求其民之相濡以沫"们惊羡，更让那类趁乱世未及发迹之"才"因"运动"之诱而酷好宦海者由眼红、心动而获得转机灵感，施以借"老九"方巾以取黄袍之计，圆满了官瘾者的"双肩挑"资格。怪还怪在原"老九"们对翻身缺乏自觉的和光同尘，便招惹了"李鬼"们的逆胃。于是，教授头衔，一时如洛阳纸贵般的绣球，唯恐争之不得。趋之若鹜的结局是闹了个"专家满街走，教授贱如狗……"的下场。人为驱高而达贬值，真乃"冠盖如云自古传，易青为皂且从权……"，大有把行情给你搅黄，瞧你"老九"再敢独领风骚不！这无不悲者，方现"革命文化"必付之代价一二也。

　　前不久，追逐已扩延到"博士"头衔上，有 30 多博士一教授带培的壮举。据经验推论，其结局不会出其左。故欲维护"教授"、"博士"并非"国粹"仅职称、学位名称而已的"声誉",最直接的措施,还要从教授、博士及需要真"李逵"供职的单位做起。这就引出了今日京都学界贤达们的适时呼唤———

日前,北大严绍璗教授《日藏汉籍善本书录》座谈会上。任继愈等学界贤哲对其成果"给予了很高的评价";认为严先生这种锲而不舍的治学精神值得钦佩;当代学者的学术风气不仅需要学者自身努力,同时人文学科的学术体制要鼓励学者做扎实的、有价值的学问。任继愈说"现在中国学术界学风浮躁,严绍璗是'二十年磨一剑',可我们有一些学者是一年磨二十剑,甚至三十剑,真令人担忧"。是的。在眼下行外者看来,一个"编著",且又是"书录"之类,有何价值可言? 方家们却认为,"该书……是有史以来世界范围内研究中日文化关系的最宏大的基础性文化考察报告"。汤一介先生说,《善本书录》的出版,"在当前学风不太良好的情况下,树立了一个好的榜样"。

就人文学科而言,学者们认为,用理工科的方法管理文科,动辄要求发表多少文章,不太科学。文科人才不像工程师那样,很快就能培养出来,文科的学问要强调坐冷板凳,要十年磨一剑,这样才能既做了学问,又培养了人才。金开诚先生也认为,需要有人把文化推到群众中去,但同时也需要严教授这样的人去做原典的事;需要像严教授这样的毅力、学养、为国贡献的精神和人格魅力,同时,也需要给做这样的学问的人一个宽松的学术环境,不要学问还没有做成,就给提前下岗了……。专家们对当前学术风气表示很大忧虑;也进一步对当前学术体制(奖励机制;为忙弄钱、忙花钱而申报课题的体制等),深表反思。

我刊属人文学科且植根高校,对此身当其境,对贤达们高见也是心折首肯。无奈此类现象和体制存在与形成的忧虑和反思,是否能形成上下共识和行动? 也表疑虑。当下一面是作俑者、推行者们把做学者、

任继愈：
九层之台，起于垒土
生也有涯，学无止境

执教者的一点点自主权以所谓"规范化"、"统一化"等名目不断地削刮"待"尽，连学位论文字号、字体，不论学科、体裁一律统一由行政推行；另一面"百事通"的滥竽"学者"却忽悠亨通事事"内行"。若事无巨细一切学术、研讨、研究生培养，都当成"内行"分管者的政绩去作形式主义表演时，大约最富个体"原创性"的活动也会走向集体僵化。让人最忧心如焚的莫过此也！关键所在，是操作者耐不得20年去磨剑，"政绩"是算届的，与官阶是挂钩的；其头衔是非可监察的职责，乃怀另图的工具罢了。

君不见，报载：1978年的30年后，不少人在谈论"反智主义"，也就是知识扯淡，知识分子"臭老九"或知识分子狗屁主义。吴稼祥撰文说"权力一旦与知识合谋，站在特殊利益集团一边，反智就能起到反对滥用权力和特殊利益的作用"。据说"反智"与否的争论，是一场"价值战争"。但愿"李逵"们坚守操行而自重，不为投机者委身，干出令人对眼下学风忧虑的疑虑了。

（2008年2月）

在 2008 年前的日子里：
——春色之后是金秋……

在 2007 年春季卷的本刊卷头语里，我们是从"无边春色来天地"一句古诗开篇的。

我们从中国人 2008 年将以奥林匹克精神举办北京奥运会，谈到国家将举办规模盛大的第 16 届世界人类学民族学大会，以振奋民族朝气，激励学术热情。

就本行当看，春季卷里我们不失时机地对当时谢世不久的人类学诠释派大师克利福德·格尔兹 (Clifford Geertz) 开设了书评专辑，回顾、评述了格氏有着世界性影响的学术；而现在这一本冬季卷里，我们未曾预计却又适时地开设了对现代人类学大师、在华文人类学界享有高度名望的玛丽·道格拉斯 (Mary Douglas) 的回顾与书评。我们纪念大师们的用心读者皆知：一表当代中国学者的学术视野与胸怀；而表真学术之道是从自己做起，为奥林匹克精神，为人类学的中国学科，做自己岗位上非空话的实事，不搞伪学。实践证明这是必要的。人类学、民族学及相关分支学科，在中国还继续有个重建和被认识的过程。这种宣传、普及、扶正、评述的"科普"工作，一不留意，不到位或越位，就可能造成学

著名民族学、语言学家马学良教授是《西北民族研究》的有力支持者

科建设、发展中的拐点。那些通过各种方式——掺行、乔装等混迹于学界里的伪学"李鬼"们，在鱼龙混杂中使其假冒伪劣"合法"地肆虐一时。我们对真正学术的向往和追求，一是，求真务实，一点一滴地做学科建设的实事；二是，要敢于对那些伪学者煞有介事的滥竽充数、干扰，发起挑战。

我们之所以要培育这种学术责任感，乃因来自 2008 年前夕，中国共产党第十七次全国代表大会的号召。十七大报告中关于文化建设，我们被"大发展大繁荣"、"新高潮"、"软实力"这类非同寻常的语汇所振奋。"要充分发挥人民在文化建设中的主体作用，调动广大文化工作者的积极性"，要"鼓励哲学社会科学界为党和人民事业发挥思想库作用，推动我国哲学社会科学优秀成果和优秀人才走向世界"。——这种鼓舞，是针对一种大文化的内涵，对中国的学术与高教界更应该是一个激动人心的召唤！

李书磊教授说："大文化人、文化大家为文化创制作范，把文化推到一个新的高度，成为一个时代的文化象征与偶像，并成为后代常读常新的经典。有这样的人物我们才能说文化繁荣了，而不是统计出了多少本书、演了多少场戏。"——看，这话说得多有正气！

在一篇关于奥运的评论的文章中有人写道："改善中国人在社会上的礼貌，比取得 100 枚金牌更重要。"这话也棒！

格尔兹　　　　　　玛丽·道格拉斯

我们也看到评论中说，足协主席谢XX亲自抓的事情没有一件不失败。于是就有"天不怕，地不怕，就怕谢主席亲自抓"的说法。

——这些解读、评说都异曲同工之妙地说中了实质、折射出了真实。为大文化建设中显现出一个个值得研究的专题。可不是嘛，既然"谢主席亲自抓没有一个不失败"，你可能会问：那为什么还要他领导着大家继续失败呢？殊不知转型期间我们之中的这种"不和谐"渗透在各个领域。那种在任何部门不是平庸无为，就是乱子不断，从说不清一个问题实质、总能转换部门也总下不了台的"人才"庸官还有些。原因"复杂"：或有唬人的某种称号、身份；或有某些背景；或者个别上司喜欢的柔情等等，都会成为发展中暂时的焦点、难题。

在新时代中国社会生活的急流中，在快速发展中的任何热点、焦点、难点问题，都为哲学、社会科学工作者的理论创新展开了一个广阔的新天地。

十七大的召开，使中国又一次如同面临着一个无边春色来天地的气象，那么，春华秋实，一个金黄的丰收之秋还离我们很远吗！

（2007 年 11 月）

我们给谁画像，怎样才画得像

——从田野作业的真实性说起

第二个"遗产日"活动中，正是各地申报第二批"非遗"名录代表作期间，某院、校邀请两岸学者研讨"田野考察"相关问题．这真是抓住了目前"非遗"问题核心的研讨！

但十分遗憾也不足为怪的是，仍然只摸了一下"核心"的鼻子，便"因时间关系"而浅尝辄止。既"浅尝"又不"为怪"，乃因眼下草草收场，已成学界相当普遍弊端之一，研讨以"时间所限"而浮皮潦草走过场已彼此彼此。根源仅为如今"研讨"之谓。多系关闭"工程"、"课题"中程序之一，实为"交差"并不真图探究。此一学术浮躁表现，实乃原体制性无序操作所致，学术不为促进学术只为行政管理服务，早非偶然特色了。……

申报第二批国家级"非遗"代表作，是在本地区已审定的省级代表作名单中遴选而申报的，而省市县级的代表作，又是在各省区普遍开展县以下各地方田野考察基础上由当地专家审定的。所以，"非遗"保护的首要，是"认真开展非物质文化遗产普查工作。要将普查摸底作为非物质文化遗产保护的基础性工作来抓，统一部署、有序进行"（这是

"国办发〔2005〕18号"文件中关于加强我国"非遗"保护工作的意见中的话)。

　　"普查",是综合性的"田野作业",而这项田野工作是针对作为科学概念的"非遗"而进行的,它是一项知识上专业性较强,操作上技术性很强的作业。尤其如今"田野"现场早已今非昔比,它已经显出几种特点:1.各类非遗都面临濒危态势或遭冷遇,不是现成地、成堆地热热火火地摆在我们面前单等我们去"采风";2.农村人口流动形成社区结构新变化。造成"非遗"文化生态的不完整。凡此皆对田野调查造成很大难度(调查对象的面目有点模糊不清和破碎待补)!这提示我们:当前,绝非未加专业培训的任何人员在短期内,都可在"田野"(现场)上科学地摘下累累硕果满载而归的。第一步首先需要深入当地民众中间,取得其信任,探询、寻觅、发现、采集……还要去伪存真,扩大成果等等。

在巴基斯坦费萨尔清真大寺内,与参观者是锡克教徒合影,他们和当地穆斯林相互尊重,都可相安无事、自由往来

积石山保安族高龄老人对我们说：
"我有些难心要对你们吐吐……"

这第二步"去伪存真"的功夫就不容易，谁讲的是真的？同一人前后讲的不一致，哪一次所讲可信？……总之，所谓"真实"如何确定，认定？是一个现实的先行环节。否则，用零碎的线索作依据，请能人创作编织出来的完整"非遗"事象可信吗？它是具备独特价值"非遗"的品质吗？自然有欺世盗名之嫌！

既然我们要寻觅的对象有的、有时因时代风雨浸染剥蚀，其面目已模糊或迥异了，那么选择比较接近原貌（可以修复）的工作，就成为首要，而这个寻觅性的工作是要下一番挖掘功夫的，对那些只愿下去一周的"专业工作者"是难以胜任的；而对根本不愿下乡一天只善做"二传手"、专靠"文献"为文者来说，这个"普查"的成果其水分也是可想而知了。

其实，即便找到真正的非遗"传承人"，又即便用现代科技手段（录像、录音、拍照）等，还有个对其的鉴别、理解、阐释、细描而形成文本的工作——这犹如对"老张"的画像，固然不可张冠李戴，以老李代张来画像；也决不能对着老张画出了一个连老张自己也难以认出来是自己、充其量是个"人"的画像。而后者的情形往往是见怪不怪了，根源是"画家"有假或低能，从未下工夫画过石膏像，练过"素描"，又怎敢为具体人画"肖像"呢？

遗憾的是，钱、利、权的追逐；学风浮躁；或冷或热的朝令夕改，再加上不作为等其它因素。在"非遗"普查工作上反映出来的个别现象，说明民间文艺学、民俗学、大众文化以及通俗文化等工作者原本应有的"田野作业"素质的失缺！

的确，"学术是存在的一面镜子"，首先是一面非凸凹变形的"哈哈镜"，而是能反映出真实"存在"的镜子；其次还应是一个非平面的"照片"，而应是生动地活体"存在"的形态。

可以说，"非遗"代表作真正的品质究竟如何？一是需要学术的田野"诚信"作保证；二是需要主导部门主管人的"诚信"来作为。——不知贤达可为然否？

（2007 年 8 月）

《格萨尔》史诗表彰大会。台上左2乌兰夫、右1习仲勋；前排领奖中者为郝苏民，右为甘肃人民出版社副总编辑郭耀中（1986年于民族文化宫）

人类学民族学：从研究会·费孝通·总书记
强调说起……

本期我刊记者报道，中国人类学民族学研究会于 2007 年 3 月 30 日在北京宣告成立。对学界，应该说"哲学社会科学的春天"又一次吐露出明媚季节的气息。

研究会的成立，兴许对一般青年学人来说并未引起多大的关注。但它却引发我们想起一段往事和几代学者们曾"忆往昔峥嵘岁月稠"的坎坷经历：

19 世纪中叶，人类学、社会学被引入中国。从严复苦思拟定的"群学"到"日风"劲吹的其时日语借词"社会学"一词登场，以及美国教师们在中国大学的西式灌输，却都没能使这门西学的中国实践免遭其时中国学人的强烈反对。直到 30 年代中期，吴文藻的先行，社会学种子始才于中国土壤萌芽，吴文藻提出必须建立一个"植根于中国土壤之上"的社会学、民族学和人类学，使这些传自西方的人文科学"彻底中国化"。自那以后的 70 多年中，在本土的研究中实现"中国化"，并且将三个学科的理论方法相结合，就成了之后费孝通等一、二代学者努力奋斗探索的目标。实际上，早于1930年之前，中国社会学会以及东南社会学会、中国社会学社以及中国民族学会相继出现并一度形成华东、华南、华北三足鼎立之势；自然，也是未免其时的曲折历程。时日延续到1949年，"乾坤扭转，人民当家"。属西方舶来品的中国人类学、社会学等，1952年，在对高校院系调整中被从大陆取消。

"1957年，有一部分社会学者要求恢复社会学，大多被错划右派，受到折磨。社会学成了禁区。

"1957年我曾为社会学苦苦哀求过，不要断子绝孙，多少留一个种。可是不行，种也不许留。

"1976年，拨乱反正，重新检讨了取消社会学这件事。1979年领导上决定予以恢复，社会学实际上中断了27年。决定重建社会学时，我的老师一辈活着的已寥若晨星，我自己也快70岁了……社会上对社会学这个学科的误解和偏见未消，学者们余悸扰存。重建社会学的工作是艰难的……。一门学科可以挥之即去，却不能唤之即来。"（费孝通）

费孝通在获得第二次学术生命后又曾说："在当今世界上，文化传统不同的人们已经生活在一个分不开的经济体系里，怎样能行成一个和平共处的世界秩序，应当是社会人类学或文化人类学当前的热点问题……。

"社会学的发展不仅是中国的事情，也是因为现在全世界的人

费老即席讲话

类都碰到了这个大问题——人类文化要持续发展下去的大问题，我们要通过社会学，人类学等学科的合力研究来帮助解决这个问题，我们的社会科学要从实际里出知识：以人在社会里的实际生活为出发点，通过相应的研究方法来得到关于社会中人们实际生活的系统认识"。

胡锦涛总书记在 2004 年 10 月 21 日中共中央政治局进行第 16 次集体学习之后的讲话中强调，"全党同志特别是各级领导干部都要坚持学习和实践马克思主义民族理论，深入学习党的民族政策，学习民族学、人类学、社会学和宗教学等有关民族问题的知识，不断丰富自己为做好民族工作所需要的各方面知识"(2004 年 10 月 23 日《人民日报》)。

崎岖既已为学术构筑了攀高的阶梯，社会学已走入中国，人民的人类学已登堂入室，那么人类学家们，今日，我们是否可以努力用文化来削平时间和空间差异的峥嵘……

（2007 年 5 月）

今年办好刊，不得不从明年谈起

本期春季卷，令人油然进入春来大地的感觉。因果都出自 2008——就在明年！

奥林匹克，办奥林匹克，这是从曾经的历史辉煌——"到了最危险的时候"——为中华民族伟大复兴的中国人，梦寐以求的一个心愿，明年这个理想即将在中国大地上实现。这是中国和世界各地所有华裔都会为之扬眉吐气的喜事！为了这一天，中国人觉醒、奋斗、牺牲，曲折走过百年……。

对中国人类学 / 民族学界说，也是 2008 年，将举办第十六届世界人类学民族学大会，至少也是对中国这一学术领域一次全面性检阅和展示。自然这仍是在学术上。

本刊职责与宗旨当属这门领域。创刊以来，人类学 / 民族学、社会学及其各分支就是我刊努力为之耕耘的"一亩三分地"，我们走过了 20 多年的历程，其中曾出于被污染的环境所笼罩追逐急功近利；也因催生"辉煌"而大施"化肥"，种植了一些泡沫四溢的"果实"，金玉在外却少原生态之实，贻笑了大方。好在治学之道的良心，不断唤醒刊人力排庸俗之气，视而不见仇视睥睨，顶着劳而无功的冷遇，埋头耕耘这方学术"责任田"。仅图同道本行之"知己、悦己",而无争春夺荣之趣。

我们从没停歇地注视、陪伴着本界老中青这些肯"悬梁刺股"、寒窗、田野的志士仁人,因为人人懂得真知灼见是靠一代代积累,从而生创见,从而出新星。不是用"成本"费当一个封面人物、入一个大典而成"超级学人"所能奏效。同此理,学术大厦、学科建设工程,大约不靠大跃进、扩招、突击手等等传统去速战速决;为梦想实现,其专注、执着、思考、验证,也是得首先舍得投入时间和经费的成本;自然一个和谐的场域和真正忠于职守有奥林匹克精神的操作领导,是必要前提。办好学刊,怕就怕"又要马儿好又要马儿不吃草"、不愿坐冷板凳却爱图虚荣之徒们的搅和。

我们没有过同类那等空间条件以鲜花、彩带装饰事迹的节日。但勤恳的有机耕作,在一畦畦少污染的原生态下,一枝枝带着泥土芳香的绿色果实,总是能得到越来越多睿智者的青睐。依此,我们的泥土里曾记录过类似马学良、钟敬文、宋蜀华、费孝通、蔡美彪以及内蒙古、新疆

和费孝通先生在高研班上

各地的清格尔泰、额尔敦陶克陶、亦邻真、赵俪生、苏北海、方龄贵、王沂暖、李国香等大家、中坚和层出不穷的新秀精品。去年以来我们又开辟了"学术述评"的试验田。在这一畦新绿里，本期我们为"国际人类学界在整个社会科学中的最高代表人物之一"，在其"时代中最具原创力和刺激力的人类学家"Clifford·Geertz 先生开设了书评专辑。既表我们对他成就与谢世的纪念；又昭示我刊在所属学科内力争"国际对话"的视野。当然，这也是诚如有先生所言，本着"美美与共"的"文化自觉"。

我们终于一一引进来了需食补的"洋参"，从哈佛亨廷顿、爱德华·萨义德……直到英、德、法的。我们还得要认真去读且咀嚼、消化，故而评论、探讨，直到有所借鉴、反思。可惜我们需要迫切探讨的书目不少尚未涉及，比如对 Edward·Said 及其之前的 A·L·Tibawi 等关于东方主义的论述者的研究讨论尚未充分展开，这也如同历史经验那样，得有一个坚持不懈的开拓、培育过程。作为专业性刊物，自然应有自己一份担当的角色。我们如是看，但仍需依托同仁们强有力支持，共同努力。

祈愿今年吉祥的春天，多的是春雨、鲜绿，少的是沙尘暴的胡旋舞。

（2007 年 2 月）

2006，需记忆的刊语和并不多余的重申

2006 年，中国，仍然保持了高速发展，我们身在其中。

我们同时处在了一个瞬息万变、喧嚣不休、不易说清的世界。

我们也逢上了一个人人张扬、互不相让、真伪难辨的时代。

就惯常的思维与经验，往往认为对事业的金石不渝，不一定就必须旗擎云霄，让所有人都得翘首必见；对职业的道德操守，处世、人文精神不常是以身份级别排序，非得天下不知不行；各自岗位日常操作，理应主要在于规范行为上的诚实行动，无需虚张声势。因为这原本是自己应干必干的事，有薪水为证。经验也显示：鼓噪的雷声，缭乱的动作，其实常常是一种暗示的符号。俗话说：雷声大雨点小，甚至干脆是大雷声乃因并无小雨点的作势。故"大跃进"、"文革"之后，从中央到民众对"假大空"深恶痛绝之。只需默默无闻干老实事就行了。这是真话。真是真，可而今真心不一定得知真情。因为：这天下的事，好就好在一个十分纷繁复杂上。

社会关系重组，价值观念嬗变，是与非标准更新；经验常常"出轨"了。

这不是，从前仅有"宣传""鼓动"；当前要得是"营造"（气氛），

（媒体）"炒作"；（制造）"舆论"；（争得）"眼球"；（打造）"形象"……。全乃当今是视觉时代，所以看得刺激、听得震撼的光环，于今后发展是大有可为。学术适合否？

办刊物，尤其办学术刊物，办好学术刊物，一不在于借行业等级"特权"之便，霸住资源行利"小集团"之实；二不在于利用合法平台，以金玉其外之装，行"特"、"增"败絮之内容；三不把市场经济推入真正学术领域，名以效益双赢而以大众文化产品代替小众性的人文学术。

若实话实说，这点"文化自觉"，本刊也是经过一个迷惘、痛苦过程才逐步走过来的。凭对从事的岗位以及对其学科建设、完善的一点点迫切愿望而已（免得错过发展机遇，性质、定位又发生变化）；有了这点心理内撑，表扬、肯定之有否，小鞋、难堪之苦否，大约用处不会很大……。

有了这点认识、行为和境界，还不一定就事事顺畅；也不一定得惠的作者、读者鼓你的掌。"嫁衣裳"是服务型而非赐予，被服务者便始终有权"挑剔"你；而被服务者又是多种多样的人，于是众口难调的事常常会困扰住你不易自拔。虽说如今学术气氛总算宽松，可百花齐放、百家争鸣场景的形成，有时也恰恰是现在高级知识分子已不甚习惯，甚至讨厌，抑或十分恼火的事情。不知是养料受到了什么污染，大家们精神上缺钙、缺锌、缺铁的情形比较普遍？只愿独家登场"填补空白"，不喜人家插嘴沾光；乐意称赞抬举多多益善，极不愿他人置疑、提问、争鸣。这是一个张扬自我、自恋、自负、自命、自得；而淡化自觉、自律、自重、自制和自持的时代。学刊为某些学者服务也不易。编辑鉴于惯性所限，还真得经常不断去为适应这种时髦的过程而煞费苦心。

此前，我刊因考虑读者摆放方便计而未跟从改大开本之风去"国际接轨"，已遭垢病。今年我们在内容上自觉"接轨"设国际学刊常规之一"学术书评"之类。"评"也者，自有说长道短之处，好在正常学者、学刊游戏规则皆然：一家之言，文责自负。刊物，供一平台而已。评得过誉了，您多自谦点；论得不足了，您多宽容点；说得出格抑或失真时，您有权自卫而辩明之。真得假不了——我刊一视同仁提供平台。学术事，千万别恼火。

诸君，有您的关注、支持，我刊会牢牢记住自己的承诺，童叟无欺地尽服务者的职责。老中青作者、读者，都是本刊的座上客。只要求文章本身规范。

（2006 年 11 月）

田野进天山

办刊纪事三：特色·个性与
创新·"格式"之间的跳舞

前两期所讲过的故事都告诉我们：办学刊，在这里其实与做其他任何事情一样，大环境的条件（办刊者所处）是首要的，否则，陷于"逆水行舟"、"背道而驰"或"一厢情愿"处境，也是跟自己过意不去之举。但是一经真正解决了办刊意志、方针、方向、原则等等后，说一千道一万还得从微观入手——从自己主办的具体刊物认识起，操作起，因为一切的所谓使命感、责任感、专业意识、技术技能、学术追求、风格、审美和设计，都得体现在你的刊物的每一环节、每一细节和每一时段的每一期上。确实如此！

据悉在一次关于办刊的征询意见对话中，费孝通先生顺口举到《西北民族研究》为例说了几句关于我刊的话。中央民族大学历史系教授陈连开先生曾在致我刊的信中转述道：

>……中央民族大学历史系忝列全国文科重点教学科研基地之
> 一，计划办个学刊，我曾经为这个学刊应办成什么样子去请教费

老。费老说，能办成《西北民族研究》那样就不错，那是专家办刊，学术水准很高。费老这个评价，《西北民族研究》确实当之无愧。……

费先生的话对于我刊来讲，确是一种错爱和过誉。我刊坚定清醒。然这一过誉的鞭策之力，却也从其时贯穿至今，成为几代办刊人一以贯之的"学术养料"。

当"前提"解决之后，刊物谁来办？给谁办，怎样办？靠什么持之以恒？——便成为成功与否、能否可持续发展的关键。我刊步履证明：学术期刊尤其如此。

领导兼主编，由专业编辑（往往是有政治或中文、历史专业背景；却非本学科专业人士）来办，主要是为自己（研究所、群体）解决因职称、学位发稿难而办——这也是我国相当一个时期以来封闭型模式化的"部门刊物"常有的"部门刊物"的通例。

——我刊一开始就采取了由本专业的业务负责人担任主编（非挂名；非名义性，而是直接责任人）；也由本专业工作者组成编辑群体履行一般的专业编辑业务：从通联、登稿、审稿、改稿、翻译、校对到发稿、画版、设计、发行、反馈……的全过程。这个群体同时要做他本专业职称所担任的教学、带研究生、做课题、下田野（还有行政兼职、班主任兼职等等）的任务。刊物定位是外向型。立足甘肃，面向西北；心怀全国，对话国际。

这样便出现两个问题：1.能否认真加快补学编辑学的相关业务？2.事实上加重了比一般专业人员更重的工作量如何认识与解决？当然也带来以下好处：1.由于熟悉本专业情况，对来稿者和其成果基本情况的评估与辨析较准；能直接发现学术新人、新作。2. 通过刊物加速了相关学术情报的流通和掌握；尽早尽快地拓宽着自己的学术视野和交流。——就这样：作者、审稿者、读者实际上已形成三位一体地一干至今，走过了 20 年的崎岖路程。

通畅吗，顺利吗，容易吗？——业内人士肯定不会这样认为。因为个中还必须不断调整各种复杂的关系：主管领导要不要挂名？否则经费保证、各职能部门能不能听"老九"的？各时期有关政策、纪律与学术、专业之间的关系；本身专业与（业余）办刊关系，凭热情贡献和持久坚持，为岗位责任的辛劳与有限报酬的理解；更为至关的是，竞争时期人文学术刊物之存活及至争得自己的读者和作者群——刊物办不出自己的创新点、自己的独特个性，是难以维系的。而一个人文学刊的"个

1981年在新疆和静县野外搜集《江格尔》场面

东乡人用小经文记录民间长诗
《米拉尕海》

性"、"创新",则非人文学者自己的文化自觉、强烈的学科意识、源自人文关怀对社会前沿的敏锐以及学科素养、办刊胆识等等所能胜任的。

更何况,管理者的"格式化"要求;学术规范的坚守;学术新军的培养;平庸论文的堵截……都非举手之劳!但今日刊物,不"独立"之精神,"自由"之思想行吗?自然,这全在使命感、责任感和名利场外的前提下。圈内之学友,您说呢?

（2006年8月）

办刊纪事二：故事里的故事·记忆与行迹

上期，我们讲了一个涉及办刊中三类情况的故事，无非是以前：学者想办刊，上司不"感冒"（想也办不成）；上司同意，学者办刊（刊物可能办好）；学者型上司尊重、支持属下学者行事，不施长官意志（刊物定能办好）。其实三类情况中虽然各自"细节"不同，但刊物办得成与败、好与次，办刊人与领导关系至关重要。"领导"者云，时指直接管你的具体上司，时指一个领导层。因认指不同，看法就各有所异。编辑部的具体运作中，领导层的"各有所异"，因含有权力成分，这就成了好一个"异"字了得的至关！

20 年办刊过程中因一个"异"字的苦辣体验历历在目，但后来方知这也非绝无仅有。日前读《思维的乐趣》中《花剌子模信使问题》一文，从中一则故事获得了佐证。

故事说，王、李 16 年前一项社会学研究，首次发现神州也存在广泛同性恋人群，且有其文化。王、李认为此发现意义非浅便报道于众。不料这一"发现"与报道，作者"倒了霉"，刊物被处以警告，这还不算！连刊物 80 多高龄的顾问也被惊动得连夜表示辞职！

另一故事说：学界颇具影响的一学刊，某期，一论文末页余空白，编辑为信息量计便从中央级一报选摘相关信息以补。发行后不久，主编突然收到领导层二把手电话：这期刊物XX页是否登载某某夫人活动的消息？答曰：是。谁写的？答：摘自北京某报。谁让发的？答：我们。你们？好的！国家XXX指示，立即停止发行并采取手段收回已发出的全部刊物！听候处理！下期咋办？停刊待命！因为什么？谁让你们公开XX夫人？答：我们是从北京的报上摘的。说你们自己，别的不知道！这个电话的后果是什么，不赘，读者自明。

几年过后方知，原来京校某"人物"曾投稿该刊，编辑部因考虑其稿属旧资料性未予刊出。"人物"怒极，以该刊公开报道XX有夫人，公众中造成了恶劣影响为"罪证"，暗书上级以借官泄愤。悲哀的是，单位一上司平日对办刊兴趣索然，一遇"危急"，竟轻信部下有闯大祸之嫌，忙于摆脱自己，急于把部下一抛了之。殊不知勒令停刊、重罚编辑，真能掩盖同性恋存在、XX有夫人之类的事实吗？幸亏刊物编办人员之后虽然着实如坐针毡，胆战心惊了好一阵，终归上级毕竟是上级，没因举报出自"人物"口便一挥手断送刊物命运。

读者诸君：是莘莘学子吗？当你正为完满学位论文迫切寻求一篇原创作参考而手足无措，你却及时读到了一篇质高量足的对路论文时，你可想到幕后编辑的良苦吗？当你"田野"丰收，埋首疾书，完成课题研究，意欲展示才智而难得"伯乐"时，梦想却适时得以实现，当你手捧新刊，在墨香的惊喜中可曾记起幕后编辑为以文会友的你"隆重包装"而挥汗打磨，为发与不发而执言，甚至于如履薄冰地以风险而扶起新人的你"闪亮"登坛……

作者、读者诸君，你不会认为这是借机"意在沛公"为己邀宠吧？办刊20年头，酸甜苦辣都给学人办刊者留下深深记忆！而辛苦实践却回报我们一点道理：在不甘屈辱、决意图强的中国今天，内外坎坷曲折何曾匿迹！为中国人的富强梦，多少大义凛然的志士仁人，付出何止是心惊肉跳与挥汗如雨……荣、辱分野在哪？我们想，最少也在于以蝇头小权来拿捏同类上；也在于以占有"资源"为权力以对付权力主人上；或者如王小波所说"对于学者来，研究的结论会不会累及自身……。这主要取决于在学者周围有没有花剌子模君王类的人"上；以及默默无闻、

叶圣陶先生墨迹

爱于、忠于自己平凡职守上等等。为此付出代价何怨之有？

故，本刊自律学人操行、编辑行迹；故，我刊用为"嫁衣"锦上添花，为"新人"铺设红地毯而引领自荣！我们心中矗立着叶圣陶、邹韬奋们编辑大家的铜像！我们耳畔也不时响着作为学者编辑的鲁迅声音：甘愿"做无名的泥土，来栽植奇花异木"。

"转型"期，各色人等善包装抢滩于世，虽说小人得志、好人受冤的事往往见多不怪，"清水衙门"如今也有不崇荣辱之李鬼顿辄为唬书呆而玩以权增荣的操作。幸哉李逵确有！李鬼属性仅为短命鬼一流。这，给诸刊人增强了对读者正行义举的信念。聊为刊庆自勉。

（2006年5月）

办刊纪事一：吊销刊号·顾颉刚与中大头儿的故事

顾颉刚先生

办学刊，一是不脱离专业本体的应用实践，紧贴其为现实的功利性，关注社会对其服务价值的认同；二是紧跟专业学科步履，为其基础理论与方法论完善创新、学科建设埋头苦干。目前的市场经济中，重前者名利、政绩显赫；重后者天经地义，有百年大计之功，但费劲加运气。"费劲"是说学术之道确为实打实干，不玩假也非短期能见功效；"运气"之云，看你能不能碰上明白上司，因支持力度决定长线"冷板凳"之类的社会价值与成败。

以前科研和高教机构常有老干部任领导的情形，他们经战火锤炼出对革命耿耿忠心，对专业往往老同志遇上"新问题"，引起不少"扩大化"的"内部矛盾"……。当今早已是"新桃"换"旧符"了！专业机构头头大多是"双肩挑"：研究员、博导加Ｘ长；教授、博士加主任。既不存在"行外"之别，"专业"则应蒸蒸日上？

可事实的千差万别也会出在"内行"上。有传言讲，某重点高校一中心办有学刊，学界反应还行，但校方不投资，办者筹资有诺，为资方服务难免，学刊质量遂不济，结果是一个活脱脱学刊硬被活生生吊销了来之不易的刊号！而今中心资厚而无刊追悔莫及。其因据说校方以理工为主，对文科不以为然云云。这里似乎是内行中又有了"外"行？

另一故事，据说某部领导气魄不凡、决策果断人气颇旺，常使部众有"士为知己者死"的相见恨晚。探因得知，但凡领导看准的人与事，便助你一臂，即便复杂亦快刀从简"特事专办"；从不徇私于一己专业或政绩；也无个人不甚知、"不感冒"或者知之甚多而可为成见者便予淡然待你不商量的。

看来，在行不在行当下已被时代颠覆。前世纪一句"外行不能领导内行"让多少人留下胆战心惊的梦魇。如果当今"教授治校"一语已成理所当然和陈旧无光的词语，那么第一例的吊销刊号"不以为然"事；第二例中并无"卖面的见不得卖石灰的"事，都与当年因不在"行"而无共同语言说大不相干了！

你是编审、编译吗，是博士、研究员、教授吗？你是专业内行，今遇内行上司你专业上的苦恼荡然无存了？对陈丹青和此之前武汉某高校一教授愤然辞导师职一事，虽经媒体传播而在学界也淡然处之，这又如何理解？

当下，科技部门和专业机构多由最高学位、职称者任领导，这曾是大家梦寐以求并付出代价的结果。是把"颠倒了的历史颠倒了过来"的真正历史性胜利。

当然，你若果真以"编审""教授"之类"内行"自居，与本部门领导自认同行投机，而要求事事唯你支持；时时都想以"内行"对付"外行"，那你就陷入苦恼不断的误区了。须知内行与领导的概念仍是相异的。现在可以提"教授治校"不为反动，自然前提是教授如今已非稀

吴文藻先生　　　　潘光旦先生

从右至左为杨圣敏、陈志明、郝苏民、马戎、王铭铭

有，大家皆是里手。如何行使内行职权，则是领导非准内行而成为新关键了。

报端载文说，20世纪30年代顾颉刚曾在中大任教备受重用。但顾一次仍向内行校长提出辞职，校长极力挽留："我们这辈人，像树木一样，只能砍了当柴烧了。我们不肯被烧，则比我们矮小的树木就不能免了。只要烧了我们，使得现在矮小的树木都能成长，这就是好事。"

顾听语重心长言感动不已："在这举国兴办大学而大学教授大都不悦学或自己有了某种学问即排斥他种学问之时，我如能多留中大数年，必可使君增高些知识热，能作专门的研究而又能宽容他种学问，如此，我自己虽毁弃了而能使诸君成就，亦属得失相抵。"于是，顾收回了辞呈。

顾后来竟终于失信不回中大。但其校长戴季陶、朱家骅肯屈驾挽留顾教授，照现在想来，大约不仅仅缘于个人关系吧。是的，道理各有千秋，"沟通"也不易。

今，非"国粹"之国学骤起，冒"趋炎附势"之嫌，引《四书集注·大学》之语曰："自天子以至于庶人，一是皆以修身为本。其本乱而末治者否矣；其所厚者薄，而其所薄者厚，未之有也。"看来，内行们勿忘"文化自觉"总能平静得多一点儿。

（2006年5月）

生日自白：于作者、读者诸君

　　新春将临，最后一期刊物送您手里，向作者读者拜早年！

　　明年是《西北民族研究》20 岁生日。

　　我刊 1984 年试刊，1986 年正式诞生发行，明年她就是进入 20 个春秋的青年了。她的出生、成长，是沐浴在历史中国学术春天的祥云瑞气里，伴随着改革开放的大潮而同步走过来的。就此而言，她是一个时代的幸运儿！因为，她曾遭遇险情但也终于无恙；她虽拮据却留下朴实本色；她纵受点挤对无非默默苦干。关键是她真的一路走来健康地活在新一代学者一边！她得到了老一辈学者的悉心呵护；也得到了业内各族学子的情之所钟。她发过今日不少博导昔日的处女作；也始终不渝地陪同着当年的研究生直到今天成为教授、学者；她虽也为不少人职称、学位的评定热情出力，但她从不邀功于受惠者，即便其权势已握。她遵循中国为学做人（办刊）的品格，传薪老中学长的积累真知；扶掖青年学子的创新探索。牛耳也好、牛犊也罢，只要进入《西北民族研究》，便同室就座，在这个学术空间里一律平等相待，没有标题雅座，不分字号等级。唯凭各自作品对话。无趋炎之心，敬学术之尊；去媚俗之情守学术"义气"；恶学霸之气唯后学之帮。20 年如一日之行，得学术朋友真诚认可。

评审非遗名录

　　20 年里，她没有过过一个"生日"，犹如今日喧嚣尘上的同类新俗；没有矫情地企盼生日祝福，也不曾暗示过鲜花、锦旗、"压岁钱"之类的表演；自然，她也没有企图张罗个仪式以求"业绩"；她对自己能如愿为本身学科建设；为专业领域内成果的适时展现；为中国落伍的西北学术界培养新人而真诚服务并已得到作者读者青睐，已感十分满足而幸福不已！那么，生日之将至，新步之又迈，何需之有？……

（2005 年 11 月）

大西北，怎样来保护你的非物质文化遗产

2005 年 3 月，国务院办公厅下达《关于加强我国非物质文化遗产保护工作的意见》文件。一石激起千层浪。于是我们看到：

紧接 4 月，北京，国务院新闻发布会上，文化部副部长周和平表示，非物质文化遗产保护，我国已列入立法规划，"相关法规出台的日子已越来越近"。

挨着 5 月，北京，为贯彻落实国务院办公厅文件精神，文化部、国家发展改革委员会、教育部、国家民委、财政部、宗教局等 9 部委共同建立部际联席会制度并举行第一次工作会议。目的是为了统一协调解决保护工作中的重大问题。

到了 6 月，北京，文化部一马当先，召开"全国非物质文化遗产保护工作会议"。为贯彻落实国务院办公厅文件精神，回顾总结；部署了下一步主要工作。

进入 7 月，苏州，文化部、江苏省人民政府主办《非物质文化遗产·苏州论坛》，为促进遗产保护的科学研究和学术交流。主题是"非物质文化遗产保护的理论·实践·方法"；此会旨在"创造一个由政府主导的、向学术界以及社会各界提供就非物质文化遗产保护工作中亟须解

决的热点、难点问题进行充分沟通、对话、研讨并达成共识的平台"。

接着7月20日至25日，兰州，西北民族大学得到文化部支持，联合"保护工程国家中心"、甘肃省文化厅共同主办"实施西北民族非物质文化遗产保护学术研讨会"暨"西北民族民间非物质文化遗产保护研究中心挂牌仪式"。

已得悉，从8月开始各省区将申报各自非物质文化遗产代表作的"名录"。省区县市4级代表作"名录"体系建立前奏早是如火如荼，省级名录申报及其专家论证会议已是此起彼伏。制度下的行动已形成了一个全国性的热潮。

凡此种种给人们提供了一个信息，非物质文化遗产的保护，国家积极主导；其意识，在中国社会已经得到了大大的提高。这是令各族民众十分欣慰的。

大西北，不例外。但是，比起上述7月前5项有关非物质文化遗产保护活动来，兰州会议是目前唯一一项区域性的研讨会，是一个属于西

看，西北各民族民众对"花儿"是多么情有独钟！

部——即不甚发达需要大开发地区的研讨会议。然而，她却也是在一定程度上纯属"社会参与式"的自发地，抑或可以说是自觉地为了民族民间文化遗产的抢救、保护，而根据各自地区实施中实际存在的"热点、难点问题"，期望请来有关领导、一流专家和基层第一线工作者来个"三结合"给予对症下药，对策解析，以便顺利推进那些出于自然、人为原因已经处于濒危程度的西北民族的文化遗产，能在全社会努力下积极有效地为下一代抢救回来一些民族的基因。大西北，经济落后但文化底蕴丰厚；经费见肘可人的心志不低！一个大学为非物质文化遗产的抢救保护而努力办会，似乎截至眼下地处中国贫瘠地域的西北民族大学可能也是第一家。虽然如是，但我们确信，这次研讨会的精心举办给真正的主办者并未带来任何世俗的"政绩"，他们仅仅是尽一个高等院校在这场为捍卫中华民族精神血脉和基因的全民行动中的一份责任；发挥一个教育机构在"保护"中的作用而已罢了！至于如何评价这次会议的得失，已经是第二位的问题。由于今日遗产保护是实践性和专业性都很强的一项工作，"社会参与"中，离不开教育，尤其是高等教育的参与是很明白的事。

中国大西北，古代东方文化的摇篮，中华民族发祥地之一。只要我们坚持科学发展观，真正提升了认识，理顺了"保遗"中各种"利益"的低俗关系，西北各族民众定然会保护好大西北中华民族优秀的文化遗产。

（2005 年 8 月）

费孝通先生和他的"梦想"

　　我认为，我们的人文学者要看到我们有一个大的责任，我们的人文学家要有一个荣幸，就是今后的世界不是一个完全靠科学技术的世界，而是要用科学技术来促进我们的文艺发展，让人类的社会朝一个精神和物质两方面都得到共同发展的方向前进。我们可以利用这种物质的科学技术，站在传统的根基上，发展我们新的文化艺术，让我们民族文化的根成长起来，同时，把中国丰富的人文资源发展出来、开辟出来，贡献给全世界。这是我的一个梦想。

（2005 年 5 月）

80年代末全国人大副委员长费孝通在临夏回族自治州视察，右2立者为当时州负责人，后为贵州省委书记的石宗源

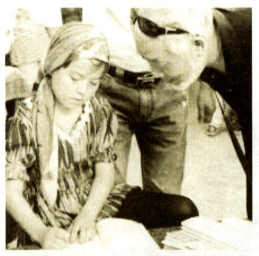

艺术者乃博我渊
通之动果 黄学迪
八十九岁

吐鲁番的小古丽用一口流利的普通话说："看，我写的
汉字漂亮吗？"

久违了出马的老将

20 世纪 70 年代末叶以降，对中国社科人文学界来说，那可真是无边春色来天地，一派重振学术山河的热气！仅民族学／人类学圈内，被压抑的学术热情犹如千年未醒之火山喷发，几近被废弃有年之老一代学贯中西的各路大师纷纷复出，收拾"绝活"：呼号恢复社会学者有；联名开辟民俗学者有；为民族学正本清源者有，奔波抢救民族古文字文献者有，为冲开宗教学禁区而冒险者有，为……；而当年被拔了"白旗的"中青年"修正主义苗子"们，也是被四方收罗，欲操旧业的摩拳擦掌声声可闻……于是乎，多少年的"五套丛书"救出来了，一本本"概论"出版了，一套套文集问世了；学子们欣喜若狂得还没愣过神来，大师级的一代先贤们，终因熬过炼狱之后岁月背不起积劳成疾的年华，潘光旦、吴文藻、吴泽霖、翁独健、钟敬文、袁家骅、杨堃、杨成志、韩儒林、王静如、林耀华、马长寿、马学良们或先后溘然而去；或者说健在者尚有且老当益壮，但毕竟在国宝级中已是凤毛麟角……。曾直接受业于他们而学有专长又陪同于他们而共患难的弟子们也是紧干慢干地一口气便到了离退之年。有道是：长江后浪催前浪，黑发难留到白头。这两代学人的筚路蓝缕，也为飘洋过海取经回归者赢得了苦攻学位的时间。可这时呢，中国高校正是发展得如火如荼，办大：合校之风紧刮不息；办强：学院改大学之势不止。虽也想各办绝活儿专业以求我独人无，但师资不足成了瓶颈。于是又重金招聘教授学者的高校广告，屡屡见于大报。成效究竟怎样？据闻理工科大学因有"海归"和巨资为后盾，只要重之再重之金，加上前无许诺之再许诺，互挖墙脚式的人才大战还可继续下去；而哲社、人文学科呢，情形可就另当别论了。到此时，只有到了此时，才从中使人们逐渐明白了一点素常之理：那个害人不浅的十年动乱呀，真是大害不浅！——25 年之后，人文被扫地，文化遭涂炭，人才被扼杀的恶果尚未荡尽；百年树人、文明积累的中断，导致人才断层，社会倒退。悲也夫！振兴中华需拨乱反正！要发展，必须有个科学的发展观；一切以人为本。尊重人，尊重人的知识与智慧，所以曰"人才难得"；发展也以人的生活本身为归宿。这个基本道理，我们竟付出了几十年，千万人才被毁的学费才获得的！原来，知识的积累和发展，是一个传承演进的关系。没有昨天的延续继承，何谈明日的开

著名民族学家宋蜀华教授也是我刊的有力支持者之一

创发展。文化被革命，文明链条的被中断，带来的是时间的空白，掘地三尺"破"的结果，便是集体记忆的彻底丧失，还能"立"起什么呢——仅有文明的倒退而已。有故事传：某博导因见斯拉夫 (基里尔) 字母之引文便以俄语读之，未可，便大叱弟子不通俄语拼写而装模作样云，弟子悄声答曰：先生，我确不懂俄文，不过这实乃另一民族语文是也。导师懵然。

可怕的是"读书无用论"、鄙视知识和人才的观念，在相当一部分既得利益者或胆大抢先者们的头脑中扎根匪浅！

说来，历史经验颇值体味，一代天骄一生顺应时代之需的同时，也给亚、欧播下几代人的心惊肉跳。史事却一再表明：八百年前，大字不识的成吉思汗却是个懂得尊重知识，尊重知识分子从谏如流的一世豪杰！抚今追昔，我们不得不虚心地承认七个多世纪前的成吉思汗能做到这一点，也真不愧是一位大政治家！

今，人才强国战略好。近闻首都某大学，为提升学校优势特长，将学校办成特色鲜明的一流大学，把早已退离确有绝招的博导们，又重新聘请回到教科一线上、这种实事求是之举果然生效，不仅老一代没有阻碍新一代的苗壮成长，反而学威重振。使有可能"塌方"的"绝活"有了高徒出世的平台。学术之事不可虚伪，尊重科学开一代风气，前途有望。

耿世民先生等一代人熟练维吾尔、哈萨克语言 (或其他)，从事古突厥语、回鹘文献语的原创性释读成绩举世公认，是今维语未通的所谓古回鹘语解读师傅们纵仰视而能企及者乎？他重返执教，佳作连连。我刊特发以飨读者诸君。

（2005 年 2 月）

耿世民先生

耿世民教授

　　按：在这期（即 2005 年春季卷的《西北民族研究》）的《卷头语》里，我们提到了中央民族大学的耿世民教授荣退后又"老将出马"重登讲台。不料在这之后 8 年的 2013 年，《西北民族研究》又于春季卷里发出一则"国际知名古突厥语文学家、我国突厥语言学大师耿世民教授（2012 年 12 月 17 日）逝世，我刊深表怀念哀悼"的简讯。呜呼，哀哉！

文化遗产保护：谁来"搭台"，
由谁"唱戏"？

　　金秋十月，甘肃传来信息：省府召开会议，全面启动 17 年的"甘肃省民族民间文化保护工程"；并宣布首批 10 个保护试点。明年开始，省财政每年设立 150 万元专项资金，重点支持国家、省级试点项目。接着，中国民协、省文联、临夏州党政共办"中国花儿之乡"命名授牌大会：临夏州荣膺"中国花儿之乡"，和政、康乐县被分别命名为"中国花儿保护基地"、"传承基地"，积石山县、永靖县被联合国教科文组织确定为"民歌考察采录地"等。"政治""经济"既已出马搭台，文化之戏必会紧锣密鼓。信息一出，当地群众无不额手称庆。

　　省、州为保护文化遗产政府率先"主导"，且拨专款，对一个穷省而言，着实令人感动。

　　欣慰之后细想起来，所谓"中国花儿之乡"者，即乃中国唱"花儿"的乡村也，此为真实的事实，为何还需专门以牌向世人昭示之必要乎？静思后之追溯，其中缘起、举措之用心、初衷的良苦，由此引发的思考便可一一清晰起来：

　　河湟（指甘肃临夏与青海海东地区）一带历史以来本是"花儿"民

歌的发源、传播地。上世纪初即有关心草根民众文化的先贤们被其魅力所吸引而不断有所报道和传播者。但后来花儿的景况就喜忧参半了。关键时运是新世纪信息化和经济一体化时代的加速来临，非物质文化遗产的命运前景，成为国际社会共同的焦点问题。联合国教科文组织为此做出大量有效努力。我国改革开放和西部大开发的冲击，对非物质文化遗产造成更多威胁。遂有文化部"保护工程"、中国民间文艺家协会的"抢救工程"的掀起。次之，甘肃以及"花儿之乡"工程、命名等活动即同属这一范畴。但一切的一切，旨在有效保护住自己的文化遗产；旨在全人类的文化多样性和跨文化对话、交流，以利人类进步与世界和平而为。绝非仅仅一个荣誉的"仪式"之类。

"花儿之乡"、"保护基地"、"传承基地"和"考察采录地"等名称，既是一个"身份"的确认和宣告；也的的确确是一个"责任"、一个"承诺"的公示。"基地"的前景，其责任指标只能是花儿被"保护"、被"传承"；有民歌可被"采录"；是"花儿"根深叶茂"之乡"。全然非准"政绩"和准荣誉之说。这是显而易见的道理。一份承诺，一份向全国、世界的责任。只是从这点出发，或可说是一份荣耀。分量呢，是沉甸甸的！

然而，非物质文化遗产今日在中国之"保护"、"传承"之云，确非易事！保住她，必须按民间文化本体存活的规律运作，非文化因素必力排其外；她又遇到了时代潮流的碰撞，涉及多方牵扯，需有政府主导的协调和投入；文化是民众的创造和享用，又必须有全社会的参与，专业部门、专业人员、专业知识、技术和设备的投入。而这一切都涉及尊重人与文化等观念的转变，相应法律法规的出台保证，职能部门相应机构主动性的调动，各级政府必需的经费投入和群众团体积极性的动员以及全民素质的培养和再教育等等。这是一个综合的系统工程。由于传统观

在藏区田野途中

念、体制与改革力度等因素的制约，文化对今日政治、经济的关系、作用的认识；文化多样性以及文化主权，非物质文化遗产保护体系建立的重要性等等，目前在我国，还非各级官员、部门都有足够认识和知识，这就加大了有效开展工程的难度。诸如保住"花儿之乡"不失去花儿存活的"文化空间"；保护传承基地的花儿永存不衰，长传不息，若非图急功近利、等因奉此，就得凭出一腔对中华民族伟大复兴、为全人类做贡献的热情与使命感和责任感，没有筚路蓝缕的精神去迎难而上，其他，大约是无助于实效的。

　　前不久，我们曾对甘宁青部分地区文化遗产保护现状，做了一次现场调查。显示的状况是令人堪忧的。从1958年至今，物质文化遗产破坏惊人，兰州市为例，1977至1978年的文化普查中有文化遗存70余处，现今遗存不足20处；更何况民族地区非物质文化遗产！

皆因杞人忧天于此，我们便要向真正以人为本，尊重文化的主人，尊重知识里手和真实尊重人类一切文化并付之实际行动的志士仁人，深表民众的一份敬重和致意！

（2004 年 11 月）

链接：

西北"花儿"——何止仅仅是一笔文化资源

中国大西北是欧亚大陆中心，古代东方文化摇篮，其中甘肃又是中国地理的实际中心。

伟大祖国的象征——黄河，自青海经甘肃、北折宁夏穿流而过，自西而东，进入内蒙古，有称河套。黄河用她母亲的生命和体温孕育、培植了这块以农耕文明、草原文明为主要形态的古文化发祥之地。中华民族的这条根脉哺育着、连接着、教化着她的各民族子孙；同时又以此自东南而西，连接着中亚，贯通着古丝绸之路，形成中西文明川流不息的一条走廊……。

在丝路黄金段的甘肃中部，临夏回族自治州与青海海东地区，亦谓之"民族长廊"，古称河州／河湟地区。就在这里，有九个民族形成了一个河州——河湟文化圈，其地缘关系恰如费孝通先生所指的西北民族走廊其间。在丝绸古道这个链接中／东亚的轴心，向北至东，波及甘肃、宁夏的同心、六盘山隆德、西海固一带；向西而北，则延伸至属新疆之哈密、乌鲁木齐／昌吉、及至伊犁周边各地。在这个大空间里，各有母语的：汉人、回回人、撒拉人、东乡人、保安人、土族人以及已经从事农业的部分裕固人、藏人和蒙古人，都用当地汉语方言为主、林林总总运用二百多种曲调（"令"）、偶加之各自母语的语词或曲调旋律元素，共唱一种以情歌为其经典核心的"野曲"（"唱牡丹"、"山歌"等）"民歌"，当地人普遍把它称为"少年"；"花儿"。

这种在昔日多借"庙会"、"山场"而由各族群民间兴办的"花儿会"或"唱牡丹"，成为这一带地区一种奇特的社会现象：一面是官方或当地上层（正人、士绅）极力阻挠、压制；另一面，则是民间愈唱愈强，势不可挡（曲令层出不穷；山场接二连三）；且随着各族群民众的花儿爱好者，或为灾难的逃荒性（躲兵、饥荒）流动；或属生计奔命（马帮、筏子客、骆驼客、麦客子等）流动，而把"花儿"传播至上述各地。不管何种形式，都把这种"漫花儿"，办成一个个借"庙会"、"山场"而神圣的

新疆花儿国家级传承人韩生元在表演花儿

"仪式"；"传播中心"和盛大的"狂欢节日"。

这种具有高亢、奔放、粗犷而大胆直露的高腔类山歌，最终，跨越了山高水长平川雪原的阻隔，跨越了迥然有别的农耕游牧族群的边界，在一等程度上，也逾越了社会等级、阶层的三纲五常，用心灵奇特地穿越了多种语言的鸿沟障碍；甚至从"苦海无边回头是岸"的佛陀世界，尼姑菩萨的"六根清净"，和尚道人的玄妙真境，及至穆斯林底层民众的独一信仰——都在花儿这一特定情景中，打开了精神与心灵的帷幕，共融了信仰的从善，使人性的灵与肉得到了纯洁的同一、升华。

好一个中华民族的民艺奇葩：世界歌界里罕见的无穷震撼力！

这是黄土、草原、雪山、沙漠，一个特殊生态齐备的神奇组合里，中国北方各族群民众冲破人间社会一切不合理、非人道、缺人性、不公正岁月里忘我的"纵情"——对自我心灵的补偿！

花儿——是百姓对生命、生活、心灵的艺术化地呼唤！是敬重！是礼赞！

花儿——被公认为是中国西北地区各民族交融的标志性民俗文化，是大"西北之魂"的艺术体现。

请品味这几首河州式"花儿"的心灵之声吧——

1. 河里的鱼娃离不开水，

    没水时它怎能活哩；

    花儿是阿哥的护心油，

    不唱时阿么着过哩！

2. 千万年黄河的水不干，
万万年不塌的青天；
千刀嘛万剐得我情愿，
舍我的尕妹是万难。

3. 羊羔儿吃草转石崖（ai）
雾拉者山根里过来；
尕妹是牡丹才开开，
阿哥们浇一趟水来。

4. 胆子放大了跟前来，
心上的花儿漫来；
认不得尕妹者口难开，
花儿里搭一个话来。

5. 园子里长的是绿韭菜，
不要割
叫她（嘛）绿绿地长着；
尕妹是阳沟阿哥是水，
不叫断
叫他（嘛）淡淡地淌着。

"世遗会"启示：教育唤起记忆，法律规范行为

第 28 届世界遗产大会在我国召开，凭着中国人的参与热情和精明强干，理所当然地获得了一片赞许有加的回应。接着便又一次掀起了各地的"申遗热"。"世界遗产"的"金字招牌"性质，吸引人们对它争先恐后本是情理中之事。不过热烈尚未冷却，国内外不少专家却为背后的隐忧而悬心了。最近我们在国家公布了第 1、2 批保护工程试点名单之后，对西北个别省区的文化遗产保护现状，进行了一次半公开式的粗线条调查，并与沿海个别省区的现状进行比较后，证明专家的忧虑果非多余；西部地区诚心保护者不可言无，但在"开发"背景后有一些是盯上"遗产保护"的经济利益和个人企盼确也是事实。如不，怎会在日常面对自己民族民间文化遗产的时代遭遇而默然处之呢。虽然上级主管部门已有红头，意义、方针、原则、措施、要求、指标都已交代，某些地方的起驾还是迟于天天遗产的被破坏和流失的速度！试点基层徒有期盼的着急，而一些职能官员舍近求远出国取经有时，深入现场与当地专家研讨无暇。常有非画圈了事，也只能闭门造车。而企业家急于"开发"的热情、公司以钱"合办""遗产保护"之举、旅游地的超载迎客、因政绩

而城镇化的"破字当头"等等的诱惑与骚扰更是如火如荼。如若不能因申遗立竿见影得到好处时,当地"主管"认真学习和抓抓"遗产之学'的积极性该如何调动?值得一思。

现代化强国、奔小康、西部大开发以及经济全球化、一切市场化等语境下今日中国人在景象亮丽下的心态与行为形态,是一个值得社会学家认真研究的课题。往往是明确又茫然、实干又虚妄、越位又缺位、有章又无序,科学与迷信、民主与霸道、高学历的迫逐与低水平的用人诱导、高水平的理论与低操作的应对、清明廉政与腐败堕落的复杂和交织。任何一件必须要认真办的事,都逼着有责任感者强压甚嚣尘上的浮躁,而去理性地剥离掉层层别有他意的动机,小心翼翼而又辛辛苦苦从事。何止好事多磨,办好事难矣哉!

问题出在哪里?谋求发展是执政兴国的第一要务,为了保证正确轨道上的发展,为了确保可持续发展,第一要务的第一要素应该是正确操作发展的工作者。这种工作者的素质除一般公务员共有的外,看来不具备对传统民族文化的必需知识与感情,不有一个清醒的文化主权和文化多样性的观念和时代精神,对文化遗产保护不谋近利而又满腔热情是难以办到的。故观念不更新、提升到科学发展观的水准上;不明白今日世界文化与政治、经济的密切关系;没有对民族民间文化的深刻理解,所谓建设新文化,也必然沦为空谈。而这一切的获得离开再教育(针对主管工作者、专业人员、社区民众)的参与也是无法实现建立保护体系的目的。当官与民对文化、民族文化、民间文化、文化遗产与保护,都有一个全新的观念和重新的记忆;再加上及时出台明确有力的国家法律和适应当地的法规来保证,中华民族作为一个世界公民的形象才会是允实又丰满。才不至于出现以有五千年文化传统而自豪的中华民族后代为急功近利,以杀鸡取卵之法,干出破坏、流失人类文化遗产的"滑稽"!

可见教育机构对保护文化遗产负有更直接的使命，对保护、研究遗产的文化生态与文化空间不做出社会、学校教育的贡献是一种教育理念的落后。若有某教育机构对大家都来设立保遗中心而担心、挑剔，则全然是一种教育思想迂腐的流露！

至于为保护遗产立法，我们确信中国民众定会比日本、韩国等邻国更加能理解一切文化遗产对我们自己及整个人类的重大意义，从而加速它的出世！发挥其应有的社会功能！

（2004 年 8 月）

与《古兰经》中文译者闪目氏仝道章夫人旅美华裔作家艾骊马琳交流

文化遗产保护·办学特色

    刊物好坏，质量关键在内容，即"酒好不怕巷子深"之谓。稿源之一在高校。我刊从高校组织精品稿件中体悟到高校学科的各自优势、特色与教改、科研成果之重要性、一致性。

    读某高校校史，知其于新中国诞生伊始、应百废待兴之时运而创办。这为百舸争流之今日办大学、搞教改提供了有价值的信息和思考。

    一般认为：教育的发生发展，同社会发展变化以及人类谋求自身生存的各种需要有着本质联系。某高校适应新中国初改天换地的发展，社会对民族地区解放、建政干部求才若渴之需，遂名声显赫不衰足有好多年。而当今大学专业生出现就业率问题已属普遍，名校不仅已被涉及，即便民族高校生之就业，不再能与昔日被争抢一空的辉煌同日而语。这证实：社会变化之巨大、深刻，边疆、各族群亦无例外。除学生因素外，就学校言仍然存在一个须研究与社会互动关系变化及适应、服务的问题。又由于今天市场经济社会的本因，校群之间为生存发展的竞争十分激烈。一定程度上，已不复存在昔日他校绝对无法替代的所谓特色和优势。因此，学校决策者能否理性、地敏锐地感应到社会进步历程的深刻影响，及时地支持经过目标指向检验过的真正特色而优势的学科；重新评估本校在相关地区或全国教育体系中的位置、人才提供所占份额，便成为学校根本问题得以解决的核心。故历史经验、感情对学校"优势"、"特色"的认定，已非必然，人才市场的短线与预测，直接影响着学校教育体制为社会所需的改革力度和科研成果的水平。由此，联想到近期联合国的一个有关文件——

70 年代以来联合国教科文组织，不断出台旨在推动人类文化遗产保护的举措。核心是全球化进程中为濒危民族民间活态文化遗产建立完整社会保护机制。范畴包括到政府、教育机构、群众团体、地方社区等等。旨在推动人类文化多样性的体现。这里，我们看到"教育机构"被提到社会机制不可或缺的范围内，原因乃大学还有导引推动社会改革发展的一面，遗产研究专业人才、培训、宣传等离开教育机构的参与必将沦为空谈。难怪我国有关机构闻风而动，不失时机地打出口头传统/遗

接受香港小学生的随机问卷调查

和韩国著名人类学家金光忆教授交谈

传学的教学。开办前沿学科，引进前沿学术信息，培养前沿人才的学校，怎不是竞争激烈中身为一流呢？结果是教学、科研气象顿新，新学说、新理论带动了新观念、新成果。学校也在为社会的适时服务中，更新了自身，得到了体现自身价值的新亮点。坚持了教育与科研相统一的办大学的传统理念。这才是现代教育家的一种敏锐和睿智！他启示我们：以四平八稳的功夫求稳静观，乃世变方激中的自闭！

说来奇怪，五千年文化传统古国，一旦"革命"或现代化起来，竟能把历史积淀的文化记忆，欲要一扫而光（"文革"为证），其恶果是国民快速地从虚无到崇洋（圣诞节的西风有压倒春节之势；幼儿园小朋友要过情人节；长面寿桃败在蛋糕和"祝你生日快乐"的洋歌裙下；英文直接替代汉词习以为常）。实也不怪，以"洋气"为自豪的庸者，正是患文化记忆消失病者，我们面前再次映现出鲁迅先生《药》中那病人吃革命者热血的悲痛；强权者注入国民身心的麻木症。夫哀莫大于心死！

个人与民族，倘若没了那点精神，何谈抗日胜利，何谈复兴中华！？所以要改的是中国人思维上的极端绝对性，非此即彼；"三座大山"奴役下精神后遗的麻木性！民族文化传统中原生态的优秀部分，因它是民族记忆，故中华民族自尊、自豪，族魂、国魄全在其中。狭隘的民族主义必自绝，但以中华民族文化的独特性与世界文化对话、交流，以和平共处，才是国家可持续发展的理念之一。以国家发展任务为己任的教育机构，从联合国教科文组织关于保护民族民间文化遗产的宗旨里强调教育机构的机制作用这点，是不是可以得出点世心所向与办学要与时俱进的思考呢？我们看到凡是真正以人为本，能教授治校的大学，教育改革，教、科并进，服务社会等大学经典理念下的种种实践，就生动得诱人！学校形象也靓丽得撩人。本期有关篇章用意即此。"教育振兴行动计划"与加强哲学社科研究等的号召是时代的声音。期以能润泽学界的某些干旱。茁壮的教育可繁荣学术，健康的学术能养育学刊。学刊体现知识即力量。

（2004 年 5 月）

猴年的叙事：开发·遗产·大学教育

　　年年春风今又是，猴年岁首不寻常：今年，南北不是大雪纷飞就是冷雨萧瑟；唯独干旱西部重镇兰州，除无雪无雨，绝无仅有的刺骨凛冽，妄有太阳。老话曰：天有不测风云。果然，火星尽管上，天的大事眼下还得顺着老天办……

　　今春似乎大家有意要拽回往昔早已过惯、近几年差不多让洋风给刮跑了的中国年节，红灯笼伴着红对联；还有默许可放烟花爆竹的权力。虽然往昔全家共吃的饺子，已被人为地作为一种符号；各类原属民间的庙会仍享受着官方操心……但就农村，尤其还远远没富起来的西部，拿打工钱全家吃顿饺子，仍享一种温暖的感觉；有钱让小儿子放放炮仗，给大人轰轰新鬼怪缠身的霉气，挺扬眉吐气得踏实。中国人好得是这份热火。要不非这时不挤着回家的春运潮怎么是神州独有？这个常事，还得让交通部门好好利用提价发发特色的垄断财。

　　中国人包括华侨的大多数，尚未因中国加入世贸组织，就在精神、心理上与"国际接轨"，尽管有时不得不学着说"WTO"之类，其实夹在除精英外的多数百姓所说的口语里，CEPA类还是拗口得很。

　　某些非信士的龙之传人以过圣诞而甚感"洋气"和神奇地"酷"；

东乡族自治县那勒寺小学的小朋友率先进行双语教学试验

而大多数洋人以他们的好恶教给我们，中国的"土气"其实正是他们甚感兴趣的"神秘"文化。精神与物质的大餐原来无异：单一为忌，即便人参燕窝亦然。故除京、沪、潮、川各路大菜外，连果子狸亦舍不得放过。冒"非典"之险以求文化多元之享受。

　　看来，前沿新学，并非中文里不加洋字而不解。经济全球化之今，各族群自然、社会传统文化之遗产，仍"是生活和灵感不可替代的源泉，使我们的参照线，是我们种种特征的组成部分"（联大官员杜明纳克语）。因此，传统文化遗产的保护与研究是各类国家必需的、迫切的。她是人人的必需，须从每个族群的每位百姓到中央和各级行政部门；从各类民众社团到社区都有一份责任。它是全民之需；也是全球人类的共同遗产。我们的遗产保护是国家的，也是国际的。但并非仅仅是给联合国教科文交什么差，尽什么义务。国家有了组织系统的这个保护机制与立法；个人到集体有了保护的这个意识与自觉。文化遗产（含物质与非物质的）的保护才是有保障和有效的。才不会发生目前中国一面争先恐后地申请"世遗",另一方面不断发生可能破坏遗产的事件。于中华民族复兴言,实乃不好意思的伟大!没有全民的共鸣和参与,全民的任何宏伟期望都只是梦想成空。

那么如何解决某些国人目前一心一意弄钱,三心二意"保护"的现状?

皆因遗产保护除认识、素质等因素外,仅知识与技术面也并非易事,而状况又具紧迫性,所以近来内外有识之士,言之、行之的"口头传统研究中心"的诞生;为高等教育机制的改革,教育方法的实验,设立人类遗产学课程,使其成为中国大学教育和政府公共管理人员的培训科目,把人类文化遗产保护(包括民俗文化遗产保护)的实践活动发展为一门跨文化知识学,培养出人类遗传学的专业研究者等等为长远目标的"人类遗产中心"及其国际项目,给我们处于开发地现场西部前沿的业内同行者们以启迪和鼓舞。愚们以为这对社会学家、人类学家、民俗学家、教育家皆具重大意义中之事,并非毫无理论意义,仅仅乃一般文化工作者的通俗文化那般。差距是过程的真实。虽有"跃进"一词,路,还得一步步去走。今天的"奔驰"评说昨天的"筚路"虽存嫌,比无言的老练要生动得多。于是我们多次披露了诸如施爱东博士等带有思考性的作品,只为推动学界勃勃生气,不碍任何仁智自由。本刊可设论坛,欢迎来稿。

西部呢,尤其西北,常被居先的洋气者视为不屑。西北的我们就记忆起了龟兔赛跑的小故事、格萨尔王勇猛上阵的旧叙事。模仿着先进也试试遗产、口头传统的保护、研究、教育的事。因为急在眉梢;荒僻之地先进们又不易下来,无奈,干着学。贤达们,这里作揖有礼了。请捧场——一个现场的遗产保护与口头传统研究中心乘东风将敲响开张的锣鼓。

(2004 年 2 月)

年终记忆：从"非典"到人类学/民族学

　　2003 这一年，我们是以怎样的心情、精神状态，以怎样的步伐迈到年终？中国百姓都是记忆犹新的———一场非一般性灾害"非典"，严酷地抵挡在我们面前，而且完全是突如其来的！抗击"非典"，举国上下空前的政通人和与空前的同心同德迅速地汇成众志成城的应变核心：正面以待！全民抗击！敢于必胜！在一幕幕可歌可泣的奔赴中、一场场悲壮的抢险中，中华民族的每一个成员在神州大地这座古老的课堂上培育着新时期的认同精神。在"最危险的时候"万众一心，团结奋斗，顽强拼搏，敢于胜利———民族精神一脉相承地弘扬着她临危不惧的威武雄壮：一方有难八方支援的伟大向心力。

　　是的，英雄本色又一次使我们闯过难关，终于，中华民族胜利了！

　　严峻的现实逼我们在凯旋举杯后有了冷静思索；并不情愿的学费在新时代课堂上教会我们更多科学态度和思维。我们的民族学/人类学、社会学和民俗学家们，如果在一切透明的"非典"之后有更多一些学科性思考或留下必要的实证数据，是不是对建构学科体系本身与社会实践，对消除传媒处于张扬本性的喧嚣炒作是一种科学矫正？适时，医学人类学的声音该是凸显的机遇；因为自然的、社会的"突如其来"之类是不是今后会具惯常性？"非典"为我们所透视出的生活方式与行为、社会意识与控制等诸方面的问题，是不是仍需学者进一步的学术表现，以唤起行政与公众的思考？——不要"好了伤疤忘了疼"的民间话语其实并非"土气"而往往更具现代性。

今年，我国申办国际人类学与民族学联合会（IUAES）2008年第16届世界大会成功。这对中国人文、社科学界当然是一件犹如"申奥"的大事。中央民族大学在民族学与社会学学院及民族学系双庆之际，举办"民族学人类学与中国经验"研讨会暨与有关部门协同召集的HIDEA圆桌联席会议等活动，为"IUAES 16届世界大会"在中国成功举办，给学者自然拉开了"角色"选择的序幕。就书生言，期待人类学之类在我国借此"东风"能在高教、学科等相关领地获得继续的理解、认同、地位、重视和支持。纷繁事实一再表明，人类学（民

格萨尔说唱艺人藏老土登坚参

族学、民俗学）等对现代社会的阐释不可或缺。人才，孕育于高教与学术，中国高等教育与人文学术体系的改革、完善急需百尺竿头。对目前在我国"人类学和民族学同样处于学术定位较为模糊的尴尬境地"应有快速改变。对民族类高等院校和民族地区的高校，怎能设想没有高水平或较高水平的民族学／人类学学科的教学与学术体系的建设而能办好具有自己特色的民族大学教育？！因为学校本身就是民族学研究的对象。——这已属不言而喻的基本知识。欣然的是，今日中国，于人类学／民族学之所需的不理解、不支持、不作为者，几近"凤毛麟角"不算，而且已成绩斐然。这类曾在古老文明中国一度被视为资产阶级伪学的学科而被摈弃、而被取消，使中国人民在此类领域成为学盲、科盲的乌云，毕竟早已烟消云散了。

> 岁之将末兮除旧即，
> 年之来临兮乐迎新；
> 妄谈若干智者兮，
> 聊为添足权一哂。

（2003 年 11 月）

四篇新作，值得一看

我们的社会，正经历着一个空前激烈、日趋深刻而又涉及方方面面的变迁和转型。在大开发的西部，我们几乎每日都感受到、触摸到了这种日新月异。

毋庸讳言，这种感受却也常常伴随着意外惊喜和扼腕痛苦。我们终于关注到了各类"社会因素"之于我们的重要性。开放至今，老百姓盼望既稳定、又发展的社会局面来得越快越好，但对已懂得的事情，也期望着有序运作和相对持久的保证。社会学、民族学这几年在大西北高教、社科界一扫不久前的尴尬局面而勃兴在旺，应该说这是学术的众望所归。

中国是历史、社会发展过程中各民族共同生活在同一块神圣领土上的国家。各族形成了互相依存、密不可分的关系，大家都认同是中华民族的一员。但是各民族出于族群文化的特点和差异；加上今日社会急遽的变迁，便也构成了从历史至今反映在各个层面上的错综关系与差异。为了各民族的平等繁荣，实现中华民族伟大复兴，我们必须认真厘清、研究、认识、处理好这种关系的规律与现状。从社会学的视野和方法入手来研究各族群的关系，应该引起我们的特别关注。可惜以往我们在这个学术领域，比较系统、完整的成果积累十分有限。大西北高教与社科界在教学与实践中尤其感到这种需求的迫切。北大马戎教授即将出版的有关民族社会学的专著，使我们有雪中送炭之感，为飨读者，承蒙马教授支持我刊拟分三期摘发其中的新篇。我刊认为正当新型现代性到来之际，顺应我国体制变革与学科建设的急需，"民族社会学"分支学科的开拓是势在必行的。

日前，我们刚刚读到《民俗研究》上《告别田野》的新论，针对民俗学界"一方面是既有资料的无人问津，一方面我们还在不断呼吁'要发展我们的民俗学事业，必得加强田野作业，取得大量的第一手调查资料'"的现实，作者提出了"告别田野的可能性"："在学术研究中，田野作业是作为手段而不是目的存在的。""而学术的意义在于对规律的寻求以及对现象的解析。"于是作者为我们建立了一个认识："一、田野作业是部分课题的必要条件，而不是所有课题的必要条件。二、田野作业永远不可能是学术研究的充分条件。"又于是，作者提出了"告别田野的必要性"："如果我们无法完成对田野情结的告别，我们可能将永远无法在理论建设上跟得上那些'缺乏丰富的活形态口头传统的国家'。"就民俗学界目前学风沉寂的现状言，本文作者的观点谁喜欢与否是另一回事，其新，已足令那些于现实常难翻新专好复旧的"领袖们"一悦。我们要提出的是就教学、基本功训练而言，田野作业课如何更好？田野课 Bye Bye 的必要性？于是，我刊也特别刊发了北师大董晓萍教授的《田野报告论》，若从"学院派"及其职业立场而言，本刊同声相应、同气相求之意，昭然不隐。

8月4—5日西北民大社会人类学·民俗学系（研究所）协同南京大学民族与边疆研究所在兰州共同举办"少数民族文化遗产保护与'小经'文字展研会"。对很多人来讲未闻"小经"（消经、小儿锦）文字为何物。当年回族学者冯增烈先生在其《"小儿锦"初探》一文中已指出"'小儿锦'堪称是最早的汉语拼音文字"。"穆斯林和阿訇创造的，是伊斯兰教在中国传播和中阿文化交融的产物。它曾在一定范围内流行使用过。它应是汉语文字史上较早的用阿拉伯字母拼写的汉语拼音文字……是回族穆斯林对汉语拼音文字的一种贡献。因此，它应该载入汉语拼音文字史，也应该写入中国伊斯兰教史和中阿文化交流史中去。"可喜的是，南大刘迎胜教授与其研究生们，关注到少数民族文化遗产的保护，不辞辛劳在民间搜集到大量资料，并在此基础上提出来"回族汉语"的研究新说。我们认为，这定然会引起穆斯林广大读者与语言文字研究者的广泛兴趣。

本期还以较长篇幅发表了一位东乡族青年学者的考察报告。就族别文化——东乡人的具体研究看，这是一篇不做田野却很难得的珍贵资料。因为东乡族虽有语言，但无文字，更无可供研究的足够文献。它使我们感到抢救文化遗产的迫切。

（2003 年 8 月）

族际通婚在当今中国已非罕见。图为笔者与回藏通婚者合影

和著名社会学家郑杭生先生在内蒙古师大讲学

50 多年的期待与奋斗：西北民族大学

共和国诞生伊始的 1950 年 8 月。

大西北——中国民族最多最聚集的地区，用一面上马一面完善的办法，先于全国成立了第一座民族学院。当时媒体用"少数民族最高学府"来称谓她；各族同胞奔走相告视为举族特大喜事——共产党专为少数民办大学。这是中国历史上的破天荒！

上级选配懂民族、懂教育管理的干部办学院，提出少数民族在旧中国除深受三座大山压迫外，因历史原因多聚边疆僻壤，生产生活维艰且受民族歧视。现在翻身了，人民政府要选最好地方，建设一流校舍环境，以最好待遇为他们培养自己的建设人才。

于是，一批又一批不同年龄、族群、身世的民族子弟以信任、感激、激动的心情从四面八方涌向这座"中国民族团结大家庭缩影"的怀抱。学员中既有新疆三区革命的英雄，也有藏、蒙民族、宗教界上层；有各族的旧职人员，更有各地选送的优秀青年。学员在这里可以领到本族服装，吃到中灶待遇级的民族伙食。其基本建设，得到了中央关怀；院系调整时，将旧时西北大学、兰州大学有关学系、学科教授人才毅然合并民院，适时地确定办学思想的定位。第一批教授、科研人才的被派送进校，为学院高等教育发展奠定了高质量教学师资的坚实基础。之后进口的第一部电影放映机；国外友好团体赠送的精版整套《大藏经》；国产的第一批人体结构透明模型（玻璃人）……都被中央领导指令调拨西北民院使用。在这样的建校方针与理念指导下，第一批校舍基建意识超前，设计新颖，成为后来北京十大建筑之一的民族文化宫的造型雏形。唯其这些优厚物质、人才的特殊关照与措施；在加强民族团结慎重稳进的方针下，于是取得了之后历年学校对西北各民族所急需人才源源不断地输送；更为我国赢得国外友人对我国民族教育伟大成就的由衷赞誉。

动乱前的年代里从这里产生了英雄、功臣；也从这里走出了一大批各民族新一代诗人、作家、表演艺术家、铁道公路的技术人员、医生、兽医师、民族语言师资、翻译家、法官、检察、教授、记者以及各级各类的行政管理人员及至省部级高级干部等等。

这里的几万学子每每回忆起当时在校园沐浴到的阳光雨露，总是深情地呼唤着那个"延大式"民主氛围中金色的50年代。这种精神力量，变成了他们扎根边疆后的一句感人肺腑的心声："献了青春献终身；献了终身献子孙"……

民族高等教育的创办，理应是中国教育史上最崭新的一页！

不幸，从50年代下半叶开始至改革开放前夕，这个发展中的西北民院竟然和全国所有高校一样，经历了一条坎坷曲折的路程，到了"文革"时期，一个曾在大西北各族人民心中深深扎根的老资格民族高校，被斗、被劫，使一所团结进步的学府落了个满目疮痍，内乱不止；终了，没能幸免一个不容存活的结局。人才与物资、思想与精神，损失惨重！

西北民族学院的真正大发展，是从十年动乱后重新复校开始的。在这27年的岁月中学院随着改革开放的步伐突飞猛进。学科门类、师生

和费先生、潘乃谷教授交谈学科建设

数量已是今非昔比。这个跋涉 53 年路程的学院内又包含各种"学院"（Institute 中的 Institute）的局面将被更正，2003 年 4 月 16 日被教育部批准，得以更名为"西北民族大学"。

西北民院，在中国高教正与市场经济融为一体的时机中，终于跻上了大学平台。今日大学已是"对手"林立，竞争更为激烈的跑道，教育多元发展的新生代，不少老牌大学又重新操起了"民族品牌"的新业；为数众多的"学院"，先于民院强强联合组建成新兴大学。一场资金、人才大投入，凭势力、凭智慧的真正拼搏已经开始！

西北民大人的面前呈现出的是：任重道远的又一次新长征……

半个多世纪的期待与奋斗，实在是一个史实的启迪。

（2003 年 5 月）

"教师万岁""学位崇拜"与原创性

媒体传北师大同学打出"教师万岁"标语。从职业看这也本属正常，新闻性者何有？皇帝老子、高僧大德，从启蒙受戒哪曾离开教师、师父的？师不一定最终有院士、获奖之地位本事，但任何好汉天才、大腕权威，迈上初阶靠的却是当年的老师把手扶上的。此乃社会常识也。遂有"师父领进门，修行在个人"一说。旧时为五斗米折腰、被揶揄为穷酸的教师，在正式场合也被供在"天地君亲师"神位上，这是把教师当"领路人"地位的公认。如今是高科技与信息时代啦——网络远程教育，掌上电脑、笔记本微机……不仅材料技术层出不穷；而且观念心计、风尚意识也日新月异。更何况还有时髦西风劲吹、洋气理念盛行等等。不过，教师职业（不仅是理工科）也在与时俱进仍永恒长存着。并没因市场经济、信息时代，中国出了"博士后"等，就再无需教师这种职业的，古今中外再加当今美国也概莫能外。从这点说"教师万岁"嘛，不外是教师行业与日月同在的含义罢了。如果即将从教的师大同学连"教师万岁"的一点职业自信心、自豪感都没了，那何至教师因无岗、连人类将不再受教可就惨毙了！故，名高天下无妨，"人非生而知之者"，"道之所存，师之所存也"。

不过话说回来，"师者，所以传道、授业、解惑也。"这个行业也并非遇上了"而今眼目下"就可以滥竽充数而鱼目混珠了。缘由乃教师与商业的"投机性"、商品的包装法；新潮的一股风、钱可通神的伪劣假冒等，毕竟两路。

这"授业"、"解惑"两项任务若被解为传递知识的话，那么这"传道"一条就属"教书育人"理念了。当今"育人"的"道"是有特定含义的。倘若这教书育人的职业——教师，连他自己也不知"道"，那又如何实施他职业对象（非物质、非商品）人的传道加工呢？又设若师父自己也是一个教育行商的能手，夹带、借枪老手，信奉"天下文章一大抄"之"道"的高手，徒弟被领进这个门里，又怎能写出原创性论文来呢？俗话说：师父不高徒弟拉腰。师父欲传道必先自有道。道不在言，重在行也。有贤达指出，近日导师带学生，除教会求知、办事、健体、审美与创造外，排在第一位的是教会做人。

那么，谁又来教会教人者的师道/师德呢？看来，教育体制、战略重点与管理制度不继续着手来一个大转移、大改革怕是不行吧！有高文指出：如人才考察只能用学位和学历作为主要评判标准，便会导致严重的"学位崇拜"，成为社会一大陋俗，构成"知识神话"的核心；我们却也看到一面是高学位竞争日趋火爆，读研人数剧增，知识与学位过剩的趋势又露头角（某部门宁要本科生，拒不接受研究生）；另一面，却是研究生基本素质暴跌，知识贫困，就学困难，失衡现象反差显然而存之无惊！。知识者的"弱智化"成为严峻现实之云，颇值一思。像目前这样学术不良之风吹透教育中的事实，其因固多，但与体制、管理机制、导向、政策上的"误为"、"盲为"等等不无关系。例如事实上将"博士后"当作比博士学位高一等的观点与诱导；在社科/人文领域事实上也把博士学位拔高于职称的导向，使不少培养出了博士的先生并

给终身甘为教书匠的钟老敬文祝寿

揽云功业诧飞鹤
州百日都人涣未
乾雅信乏非身后
查眼芳奖无荣花
璟

老而辰情明造
天寿行口已一晚
书店

苏氏同志哈
钟敬文
丙午载荆州

钟敬文先生70年代为作者留下的墨宝

非博士导的事成为正常；重点大学出现了制毒者、非纰漏性的真文贼；事实上弄不清一种外文的导师、学位获得者常所洋洋得意者；以及真有实际才能与操行却受到学位的压力而无法得到发挥；纯学术刊物水平的鉴定不放在同专业而置于扩大了的大类、不由同行教授说了算等等。似乎方帽与师道、师德完全同语；师德要求依据何、由何处管理？此类空白、茫然的综合作用，其后果是淡化了科学求真、人文求善风气，冷冻了一些教授与真人才的活力。果如这样，所谓知识创新优势又如何从大学里充分发挥出来。大学无知识创新，原创性论文产生源头枯竭，学术性刊物的繁荣有何指望。强人之难，恶性循环，消除学术刊物不正之风或含水之作成为老大难……。有责任心的编刊人员常于此所苦恼者也——鞭长莫及。不该是无奈！

（2003 年 2 月）

喜见学术期刊级别内情公告

　　学术期刊，发表学术论文之园地。专业学术期刊，理所当然应具有专业个性；地区所属学术期刊，自然，主要以为该地区学术服务来体现办刊宗旨；而高校学报，不言而喻以本校属性和优长的定位决定本学报专业范围与学术水平标准。同一系统、同一地区、同一业内，不同期刊应该具有据自己优势有所侧重的同而有异的个性或曰特色。国家有关行政部门为对期刊实施有效管理，而发布的如《社会科学期刊质量管理标准》。只是对期刊"进行质量监管的依据"；"不能仅以此作为判断期刊学术水平高低的标准"。那么，截止到2001年底，全国已有期刊8889种，难道其学术水平都是在一个天平上的半斤八两吗？当然非也！

　　事实上一本期刊在管理、上级部门面前，在专业圈内要争个质量合格、达标与否，学术水平高低与否，是否创出社会、经济双效益等名次，其关系是大不一样的。它不仅仅牵涉到对刊物同人们劳动的肯定与荣誉，还直接关乎刊物本身的专业地位、经费保证、兴衰存亡以及专业人员职称等切身利益的大问题。正因如此，这些刊物已经出现的所谓"中央级"、"省级"、"权威刊物"、"核心期刊"、"百强刊物"等不一而足的标识，其作用、目的于刊物身份是显而易见的。为了这一点，不同级别的部门（官方的、社团的、地方的），从不同目的和角度的出发与着眼，以不同的标准和操作方法所做的认定和标识，已经为高校、学术界和业务管理部门的某些工作发生着一定作用；同时，也添加上了难以辨清等次、质量的缤纷色彩……（比如学术刊物服务范围受专业所限。质量、水平如何？同类业内自有公论。加上中国哲社、人文各学科发展现状并不平衡，其所属学刊亦然；不分专业统而类比，难以论其高低。又比如《读者》、《××学报》统属"哲社类"，但服务范围不同，它们之间的经济效益如何类比？）。

那么，究竟如何认定和适从呢？现实状况是，有高校自定本校学报为"核心期刊"，因非管理部门评定和公认，难得到普遍认账；有的被有关部门认定为某范围"核心期刊"，但不一定符合行业、地区、门类目前现刊与事业发展的实际情况，因存片面性，反带来学科稳定发展中的不安因素和操作的不顺。有的被某方面指定为"权威或核心"刊物，但其服务范围本有所属，亦有所限。作者一拥而上，造成发稿瓶颈，欲从别无他路的瓶颈中通过，往往造就出一些善用妙法的"能人"来。酿成刊物与学术的不平等竞争局面不算；还制造出了一种难闻的气息。至于某高校自行规定学子在读学位期间必发论文于何刊方能认可，否则不予答辩或授予学位，从而在导师和学生中造成难堪事实，早已在报端有所披露。义愤填膺欲拂袖的博士导实乃为学子打抱不平者有；苦心孤诣仅因不善来事而发稿无门，挠腮无着终于暂借另类手段实乃悲愤无告者亦有。当然也有愉快的景象：考不上硕士者不一定考不上博士；虽攻甲专业，只要在所谓"核心"、"权威"刊物上有作发表，无论何专业内容全无关系。提刀、替身类无处取证……

——若此类可俱往矣，幸甚！今有权威信息，足受鼓舞。请看《中国新闻出版报》2002年10月15日由新闻出版总署报纸期刊出版管理司

是科研、是教学，也是在编刊。

"关于学术期刊有关问题的答复"（《学术期刊的级别如何确定》）一文。"新闻出版总署从未就学术水平的高低为这些期刊划分过级别。"读后感慨万千。无官腔之套语，只有实事求是的负责态度，凡此都溢于行政文书之言表，这是直面管理工作的"及时雨"。是高校师生、学术刊物办刊人的福音。

（2002 年 11 月）

学会年会·学科发展

本刊因专业属性关系，年中曾参加过两个全国性学会的年会。一个是中国民俗学会的第五届全国代表大会，主题是：新时期中国民俗学的发展与民俗学学科建设；另一个是中国社会学会的年会，主题是：全球化与中国社会发展。

前者，是在被誉为中国民俗学之父、学会创始人、世纪老人钟敬文教授于年初逝世后，未能亲莅会议的第一次大会。于是，学会第四届常务理事会在京理事连续四次开会进行研究、安排，会址定在首都，不能不谓之悉心、精心；大会为代表准备了66页的手册，收集了论文提要116项之多，其中直接涉及会议主题的论文提要约占总数一半以下，会议未组织主题讨论；三天大会的二分之一时间用于本届另一主题：选举换届。四届常务理事会为此提出平稳、团结、愉快的指导思想，并经过精确安排、操作，钟老之后新一届理事会便按预定意图产生了。

后者，是与地方学会——甘肃省社会学学会以及当地社科院、一高校合作共办的。兰州是被开发的西部中之一重镇，会址不定在京城，也足现本届学会领导的良苦用心。自然，民风热情、敦厚的地方人以这里的瓜果飘香、气候宜人迎来各地专家学者；筹备组为会议出席者提供了

费先生为学院揭牌

756页、共两大册的、含146篇论文的论文集。费孝通、雷洁琼老一代虽因身体原因不能亲莅会议，但都为大会发来殷切贺词。大会按国际学术会议惯例要求，以守时的报告要点、公正的评点、直接的提问和民主的答辩程序进行，三代学者济济一堂，学术平等，一视同仁，会议气氛热烈而有序。

应该说两个年会的一个共同点是：大会提出的主题都是中国今日的主旋律。

学会是学界学者的学术性群众组织，其唯一任务是推动本学科的发展。是务实的团体。所以非学界中人的参与，不宜。学者按规律分老中青，无各层次学者的参与，不宜；对本专业学术已无热情与实绩者，就学术性言，不宜；她又是群众性组织，按官方办法、首长意志活动，就群众性而言，不宜。中国又是一个多民族大国，学者分散于全国各省区、各民族中，而各地区、各民族的学术发展不平衡，是各民族自己无法负责的事实。故，学会里少了各地、各族学者的积极性，更不宜！学会的领导人（会长、秘书长）既是有学术威信，又是有学科建设、发展理想且热心服务、并无私心、很会办事的人，这是很不容易选中的一种复合型领袖式的人才。虽难，缺少不可，学会兴衰成败与他们息息相关。作为学会会员，有一个务实的、大公无私的学会办事班子和有学术理想、又有热情且具学术威信的会长，真是幸莫大焉！

加入WTO后，全球化伴着新世纪的快速度，日益影响到中国社会的方方面面，中国老百姓习惯平稳的普通生活里，已经感受到了与全球化息息相关的节奏与颠簸。不仅国家大事——社会与经济向何处去？而是任何一个人将何去何从？自卷入这个时代的洪流之中，愿意与否已无选择余地！难道中国社科、人文学术界的每一分子不感到一种严峻挑战的压力、机遇到来的幸运？当然这个反问的答复，是一个肯定的关键词。今日中国社科、人文学界，责任重大！

当前办某些学会确也困难重重。看来，干者，也须具有原创性的新思维。

（2002年8月）

百年身刻无字碑

　　中国民俗学界的泰斗钟敬文教授（1903 年 3 月 20 日—2002 年 1 月 10 日）跋涉了一百年的路程，跨越两个世纪，在曲折的人生道路上始终不渝地坚持着他的事业：在中国开辟了民俗学、民间文艺学、民间文化学的一片学术天地。无论是躬身自耕，为采摘民俗事项所下的田野工夫；还是筚路蓝缕，为民间文化的根深叶茂而探索她的通幽曲径（即他所言"著文言志"）；抑或为培养护花园丁，舌耕不辍于讲堂、校园（即他所言"教书育人"）。他，一个不知疲倦的人文、社科学术的勘探者、探险家，跋山涉水，不停息地拖着一个长长的身影，从一个社会走向另一个社会，义无反顾地一直走到 2002 年 1 月 10 日凌晨 0 时 1 分，说出他一生最后的一句话，仍然是"我还有很多工作要做……"对一种选定的事业，他可以真正做到倾注一生心血和全部感情。这究竟是为了什么？他在弥留期间曾说："我所言之志，是我个人的志……从没想到要用来为自己派什么用场（诸如评职称、出文集之类）。至于教书育人，也就只想到不能误人子弟，要为国家、人民培养出有用之才……我从未想过要为获得高薪而跳槽改行。"

　　"知其不可尚为之，此时旁人笑如痴，我说先生真智勇，拈斤论两是庸

季羡林老先生为首几位学者为钟敬文先生一生舌耕于课堂，创建学科的劳动，评为国家级教学成果奖（前左1为季老，后左1为金开诚，后右2为张振犁，前右1为作者）

儿。"（前文见《百岁寄语》，后文为钟敬文1991年参观孔庙时作）

这是一颗于学术忠贞不贰的心！一种于事业顽强执着的清洁精神！

他也曾说他与老朋友季羡林、张岱年等对社会上人心不古的现象担忧、感慨。他说这也许是杞人忧天。遗憾的是这毕竟并非完全是"杞人忧天"！于光远先生在《悼念钟敬文教授》一文中说："他和我们永别了，研究民俗学、推广民俗学的重任就落在他的学生身上。"我们现在多么需要一支各民族的、有专业知识训练且又具有使命感的庞大而又强劲的专业队伍，团结一致，在中国民俗这块学术的"风水宝地"上，来为中国民俗学的学科建设献策献计，发挥聪明才智啊！然而，事实上不能不承认"市场经济"在给我们带来绝大好处的同时，也以俗不可耐的极端名利思想滋养着理想真空的学术队伍中的某些大仙，其事例从时有所见到屡见不鲜，拿学位、得职称、留洋、高位原来并不全为学问，为发展中国民俗学事业；而是以一件时髦外衣，索要官衔、特权、私利。为获此已不惜一切手段，靠转型时期玩从肮脏开发"高洁"的神奇魔术。在此类"精品"身上，学术兴趣的浓度、高低，是靠官级的高低、特权的大小来豢养的。两相对比，在上一代老学人中，钟敬文先生于中国民俗学上孜孜不倦、矻矻终日的坚韧不拔精神，实在也应该是一种呼唤时代的、学术的永恒精神。21世纪的高科技时代，并不认为鞠躬尽瘁、死而后已的敬业精神是一堆旧时代的精神垃圾。今天往往遇到某些君子施出一丈魔高时，淡泊名利之道，何止低于一尺，悲也夫！"仁人"钟老对此说："一种思想要得到普遍的认同是需要时间的。"人类的文明和高洁如果总是呈现直线上升的追求，该是怎样一个世界啊，但却永非这样！看来对人类自己的认识、建设，的确非千锤百炼而不可得也！

历经仄径与危滩，／步履蹒跚到百年。／曾抱壮心奔国难，／犹余徽尚恋诗篇。／宏思竣想终何补，／素食粗衣分自甘。／学艺世功都未了，／发挥知有后来贤。

"发挥知有后来贤"是先生对后生们的期望，一个"贤"字，为"宏思竣想"而纯洁得了的！生灵们争当"王中王"的史诗时代，处于神话里天昏地暗的混沌往昔，"贤"一旦难于洁地诞生，仪式便被传承为"笨鸟奏鸣曲"。

从前呐，老一辈传说，深山密林幽处确有争鸣的百鸟；史诗《江格尔》的本巴家园一片百花齐放的景象……

归去来兮，永恒的高洁精神！

（注：为钟敬文纪念专号所写"卷头语"）

（2002年5月）

链接——

听钟敬文先生一席谈

今年 3 月 23 日下午 4 时许,在北师大陈子艾教授的安排下,我有机会随业师郝苏民先生到北师大小红楼拜谒了我国民俗学界泰斗钟敬文先生。

初见钟老,我们表达了问候和敬意。钟老极为平易地招呼我们坐下。由于郝先生是从兰州到北京的,钟老很自然地谈起了兰州,说起了二十年前的兰州会议。[①]

"兰州,我前后去过三次,特别是二十年前兰州的那次会议,今天看来,这次会议在中国民俗学史上具有划时代的里程碑的意义,当时的一些设想,今天也都一一落实了。"

接着,钟老听郝先生详细介绍西北民族学院民俗学专业学科建设和少数民族硕士生培养的情况后,说:

"你(指郝苏民先生)二十年来默默无闻,现在是赫赫有名。你们培养了西北十三个民族自己的民俗学者,这本身功德无量。培养少数民族自己的专家,应该作为民俗学界今后的一个系统工程来做,少数民族学者研究自己民族的文化会事半功倍。"

当谈起民俗学知识的普及时,钟老说:

"一个人一出生就与民俗结下了不解之缘。现在我们的大学已基本上普及了民俗学教育,我们还应做好中学、小学的民俗学知识

---

① 兰州会议:1978年10月,西北民族学院在兰州召开少数民族教材选编和民族文学学术讨论会议。钟老应邀参加了会议,并在会议期间召开了一个征求举办民间文学教师进修班意见的座谈会,反响强烈。从此拉开了中国"十年动乱"后民俗学发展的大幕。

的普及工作，编辑通俗普及教材。在这方面，日本、韩国及北欧的一些国家做得比较好。”

在谈到中国民俗学学术性格和学术建设时，钟老说：

“民俗研究需要耐心，也需讲究一定的方法。外国的方法我们需要借鉴、学习，但我们不能总跟着人家走，我们应该根据自己的情况走自己的路。要自主，自主不是排他，我们要向国际同行学习，但学习目的是为了发展我们自己。中国民俗学者要把主要精力集中到本民族学科建设上来，这是一条学术正道。

“民俗学的学科建设，要根据本国的民俗学的性格来定。中国的情况怎样呢？我觉得我们的民俗学，应把境内多民族的民俗文化都作为自己的研究对象。中国是一个多民族的统一国家，境内56个民族，每个民族都有自己独特的文化，这些民族的文化，体现在民俗上，各民族既有一些共享的文化，又存在着差异点，这是中国民俗学的理论依据。

“根据中国民俗学的性格和多年来我国民俗学的实际发展情况，我提出了建立民俗学的中国学派的问题。必要性嘛，就是使我们的

2000年3月23日下午4时，钟敬文先生与郝苏民、刘汉杰谈少数民族民俗学学科建设问题

民俗学术研究之路走得更自觉些。无论是从历史的角度，还是现实的发展状况，中国民俗学派的提出都具有较为完备的必要条件，这是我近来思考的主要问题。"

此时，适逢我国第一位民俗学博士董晓萍教授和钟老的第一位博士后杨利慧副教授造访钟老，在座的陈子艾教授笑语："民俗学界四代学者都到齐了。钟先生是第一代，我和郝苏民教授是第二代，晓萍博士是第三代，小杨和小刘是第四代。"我看到，钟先生听完这些，脸上露出的是非常满意的笑意。

原定几分钟的拜访，竟不知不觉持续近两个小时。尽管钟老毫无倦意，但毕竟是98岁高龄，我们还是决定告辞。

在返回的途中，我想，作为民俗研究的后学，我真希望能多一些时机聆听钟老长谈，更希望钟老这位矍铄而睿智的学界泰斗永远领着我们在中国民俗研究的大道上阔步前行。

（作者：刘汉杰，原载2000年第1期《西北民族研究》）

往昔个案仍在

　　共和国诞生之次——1950 年，西北民族学院率先于其他各地民院应运而生。

　　这个"应运"是应了亟待和平解放西藏大进军需要之"运"；应了民族地区剿匪建政需发动当地群众之"运"；应了大西北解放伊始，民族干部奇缺而又迫切需求之"运"。这证实：要考虑、办好西北这块土地上任何问题与事，"民族"的有关内容不仅首当其冲，亦至关重要。有了这个认识，对少数民族的了解、沟通、宣传；对民族问题的研究及其政治、经济和文化一系列事情和民族人才培养等等，便会"应运而生"了。

　　民院一诞生，即登报招收研究生，成立研究室，边调查边着手编写《民族概况》，边教学。如从那时算起，西北民院有民族研究已近半个世纪。经 50 春秋历程，终于在千禧百岁 7 月 26 日至 8 月 4 日由国家民委民族问题研究中心支持，我们与北大联合举办了"第六届社会学人类学高研班"；开幕式上并由费老为"社会人类学·民俗学系"揭牌。这个系 (所) 在民院的出世孕育竟达半个世纪！就学科和高教而言，真是值得庆幸、庆贺和深思的一件大事！西北解放伊始西北民院"应运而生"是当时决策人英明而富远见的证明。少数民族的解放，民族地区的民主改革，少数民族的识别，对少数民族社会的了解、调研、决策等，哪一项离开了"民族"，离开了"民族地区"？而此类内容又有哪一项能离开了"民族学／人类学"、"社会学"呢？不能！那为什么曾紧应西北时势"应运而生"、并专门培养少数民族专门人才的学府，长期竟无此类系统教学呢？这个个案表明，"社会学"、"人类学"在中国的艰辛经历；民族教育体系建立、完善、研究的不易！费孝通教授在开幕式上即席讲演里说：

去年是西北民族学院建校50周年，我来到这里，当时很兴奋，建议把预定今年举办的第六届高研班办到西北地区，配合西部大开发的政策。第一届高研班是在1995年办的，至今不到10年已办第六届，这是同行们热心支持的成果，也可以说是时势发展的需要，走一步是一步，这是我们人类学科发展的一个过程，有着里程碑的意义。

高研班期间费孝通召开了西北各族青年学者座谈会，讨论学科建设问题

他又指出：加强人类学的研究，是文化自觉的要求，这种要求来源于客观历史的发展，这个历史的要求推进了我们，我们到这里参加这个班是自觉自愿的行为，但必须到这里，也是客观形势造成的。

费老所说的客观形势就当前而言，我们想，就是必须面对"全球化"的 21 世纪我们的处境和任务。"曾几何时，世界各国的人民还在潜心探索建立民族国家、实现工业化及获得民族经济自主性道路。现在，这些问题的重要性，似乎已经不再那么大了。国际关系格局的调整，'新经济'的出现、经济和文化交流导致的民族国家危机等等，使人类必须面对 20 世纪没有面对过的许多新问题。"（见主题演讲）

20世纪50年代初西北民族学院大门节日时的装饰

面对新问题，要认识它，对付它，就必须研究它。一靠学科建设，二靠人才培养。关于我国社会学学科的情况，费老说要"从学科的基本建设开始，来为学科的研究能力恢复'元气'"。对于人类学学科，他指出：21 世纪，研究文化的人类学学科必须会引起人们的广泛关注。"假如我们的人类学学科要对 21 世纪的进程有所帮助、有所启发，那就需要有一个坚固的学科基础。"在我们中国的人类学学科里，这样的基础显然还需要我们去打造。"

如果说在不短的时期，民族院校里竟然对人类学／民族学、社会学以及民俗学学科的建设未能有所大作为并失之有误，其责任可以扔给"大度"的历史的话，那么，进入 21 世纪的今天，对"争取文化发展的自决权和自主权"的、有"文化自觉要求"的中国各族学人，教育、民族部门领导人，肩负学科建设的重担，应该是一种紧迫的时代使命了。

世事艰险，时不再来，为中国人民的根本利益、中华民族的伟大复兴，祈愿教育、民族、人文社科主管者们，再多一些"发展"的关注，少一些，再少一些等因奉此。已经被贻误太久的重点学科建设必需之经费、人力积极到位，实乃国心、学心、人心之所向！

出于此，应为有着里程碑意义的六届高研班庆功！《专辑》由此应运而生。以为永志！

（注：此篇系为中国第六届社会学人类学高研班专号所写"卷头语"）

（2002 年 2 月）

庆典·事象的记忆

　　千禧年的首岁——2001 这个具有时代意义的 365 天，就中国人的感觉，真是如同白驹过隙，倏尔流失于勤奋又紧张偶有惊愕的每个人身边。曾记否，元旦伊始遵从传统的中国人，习惯地以除旧迎新的民俗心理，端出瑞祥的龙、狮，热闹的烟花爆竹；再加上时代色彩：世纪广场、世纪大厦、科技新艺之类，作为迎接新世纪的隆重仪式。无非一个期盼吉利的祝福心态。这没办法，中国人的传统文化心理就认这个，爱生活、爱这个世界，不管一年到头苦上加苦，过年了要图个吉祥，有道是：有钱没钱，剃个新头过年。抱着美好憧憬迎接未来。于是国粹式的狂欢一干几天几夜，首先是大吃大喝，夹着特玩特乐。过的是：真滋润，真痛快，真棒，真酷——咋说都好，一个意思：新世纪吉祥如意！心想事成！从撕去日历的红首页元旦那张开始，我们便被塞满了喜怒哀乐每一天的时日洪流所冲击，并被牵引着一口气跑完 8760 个时辰，喘着气来到了 2002 年的门前。蓦然回首：哦！"千禧"之年喜事不少，西部大开发实施在即，喜讯不断；申奥成功，中国足球出线，着实令人振奋不已。这不是，中国又入世成功，磨砺十五载容易吗！还有外交上的、内政上的可喜可乐之事……喜、乐之事固多，冷静想过扫兴之事确也不断。不说沙尘暴、干旱、污染、森林大火、生态破坏等等，单就人为所致使人义愤填膺和怒不可遏的事情就不少：巴以和谈原本有望实现却骤然泡汤；一方连发火炮与另一方抛石子儿游戏，玩得让人既心惊肉颤，又忧心忡忡！曾向世界无条件投降的日本，现政府首相有了"条件"，先参拜靖国神社，执意不改教科书，后再赔情道歉。这是什么事儿？强权者任意"天马行空"，承诺随意不再；霸权者我行我素，"宪章"、"公约"任撕任毁；恐怖分子草菅人命不断，无辜者代受罚越来越多……科技时代的文明，为什么不能快速给人类自身增加文明、进步的程度？正义、公正、尊严随着"千禧"的到来究竟增加了多少？是的，和平与发展是时代主流。这没错，可一方的平安、幸福是靠自己的势力(国力、财力、人力、武力等等)来支撑的。没有谁肯为我们义务站岗放哨……"千禧"第一个年头的这365天所出现的一个个喜怒哀乐之事，都为我们证实了这个事实。于是我们终于明白，喜庆过后要的是：清醒、理智、实干。中国人的事还得靠中国人自己去办，"落后就要挨打"——千真万确！这个道理本也浅显易懂，但而今往往被什么新"主义"、新"观念"、新"学说"、新"潮流"所嘲弄。足见要讲清真理，人文、社会科学不

沙龙的视角

阿拉法特的心意

但不能削弱，而急需迎头赶上。事实上，即便是美国、法国、德国等发达国家，也已不再只重理工、科技，而是出现增幅于人文的趋势。原因是他们远远超越我们的现代科技发展，出现了玩不转的不畅，一系列社会、人文问题不及时予以解决，高新技术的推广、享用与交易就不能实现。诸如从克隆到"人种改良"、从人类基因研究到基因歧视、从网络道德到网络安全等等。中国，在新世纪应更清醒、更睿智、更实干。发达国家的问题提示我们：高新技术及其人才实在宝贵，社科、人文及其人才更是宝贵，首先是现代社会本身提升了社科、人文的地位和它不可阙如的作用。

国人，不可短视！不可媚外！不可盲从！不可轻文！

同胞，现代化的社会，也离不开书生意气，挥斥方遒。

（2001 年 11 月）

学术遇瘟疫

《人民日报》(海外版)以有志于继承鲁迅精神的《学灯》专栏为基地，以历来开风气之先的北大为"领头羊"，开展了一场围剿学术腐败的笔战和舆论讨伐。

学术腐败先从高校始，并非空穴来风。这最少证明往昔以清水衙门为雅称的神圣殿堂，已被腐朽之风、腐败之气、铜臭之味污染了一二，甚至也已成为腐败病毒根源之一。这是需要引起国人，不仅仅是学人们警醒的。原本应是明明白白的事，不幸，有关中华民族伟大复兴事业的崇高呼唤并未引起多大震动、响应，形成舆论合力。令人惊心的是即使在高校也未形成什么"微澜"和"风声"，痛心疾首者斯也！

君不见：某某名大学大门前，专卖某某名大学文凭证书，从大专到研究生，从学士至博士。贩子们明目张胆拉客，人人皆见，包括校方职能部门领导，但常常是视而不见，更无人过问，为何？高等学府内，舌耕于课堂之中，埋头于图书馆内，"恰同学少年，风华正茂"，"指点江山，激扬文字"。但主流之侧，暗流漫漫。有人不知何时，亦不明何地就弄来一个"文凭"，真伪莫辨，拿来即可。也有人考硕几度未曾过关，却可一夜变成博士生，"钱可通神"嘛！学位越高，外语水平越低，外语实际仅仅为考试而学而用。论文鉴定、课题评审，很难有真正的学术批评，不是看不出，也非谁不许，但说真话很难，是何力量在背后左右？临近年底，各个学术杂志社头痛十分：所赐大作不论质量和选题是否陈旧，一律必须马上刊出。为了这个"马上"，正直的编辑备受"人情"的熬煎。本刊初衷力争办成一流学术期刊，但奋斗多年，"精品"来稿占不到全部来稿二分之一。"巧妇"徒有，"精品刊"实难。

凡此等等"风景线"，其实在校园内"亮丽"得久而久之，亦成为不新鲜的正常。神圣的高校究竟怎么了？"病毒"的根源究竟何在？

我们有限的经历使我们悟出一点点门道，不知是否这样？

教授、学者的论作，并非精心制造，而是"赶"任务，交"公差"。有关制度，事实上逼你无法"十年磨剑"。"课题"结题，时间所限，粗糙只好"在所难免"。博士生无时间认真去照必读书目读书，而是为打通个别人规定的那个"权威"刊物费尽心机！评定职称的科研成果，是独著还是抄袭？是观点窃取，抑或"顺手牵羊"而大胆冒名，何处检查？

在反经济腐败战线上，有呼吁云："治贪必当夺其财。"为的是让大胆者"赔了夫人折了兵"，重拳打击，促其"划不来再干"。

那么，校园的学术腐败、教育腐败与社会腐败、政治腐败是不是都捆在了一起？不然，某些主管者们为什么不积极为清除学术腐败，为体制改革而操劳呢？欲速固然则不达，但"老牛破车"也未必好过。

中国学术主要是社科、人文学科腐败迹象，敦促我们深思传统美德之外的"人情"、"面子"、"关系"等"国粹"的可怕。该是，从体制、法律上找出路了。

近读李政道教授与画坛大师吴冠中教授创意的作品《物之道》与《生之欲》，深得感悟和振奋。

物之道

道生物，物生道，

道为物之行，

物为道之成，

天地之一物之道。

生之欲

似舞蹈，狂草；

是蛋白基因的真实构造。

科学入微观世界，揭示生命之始，

艺术被激励，创造春之华丽。

美孕育于生之欲，生命无涯，关无涯。

物之道   生之欲

"哀莫大于心死。"毛泽东主张人要有点精神，这都是常新的警示。

人是美的，荡净污泥浊水后中国会是更美的。心浮气躁，急功近利，你吹我捧，认钱做父，正气挨整，小人得志的种种丑行定会在中国学界扫荡一尽。

常言道，上梁不正下梁歪。学术也如此。

（2001 年 8 月）

补注：2001 年 6 月，北京，首届艺术与科学国际作品展暨学术研讨会上，由李政道创意、表现物质微观世界的《物之道》以及由吴冠中创意、表现生命微观世界的《生之欲》两件雕塑作品，引起与会者极大的兴趣。前者反映正负电子对撞机粒子对撞揭示的物质存在情景，后者反映蛋白质结构揭示的生命存在图景。这两个领域是人类迄今为止探索宇宙奥秘的最高境界，两件作品均由卢新华和张烈二先生设计制作。吴、李二先生晚年"白首起舞"，联手倡导艺术与科学的结合，激发艺术家的创造力，加强时代创新意识，树立科学文化观，给我们以启迪。

生态之于文

中外的社会学各路大师学说纷呈，但均以各类社会良性运转、和谐发展为其终极目的。

上一期，我们以马克思主义创始人在其经典著作中早就警示后代的名言检验往昔"人定胜天"的社会效果，联系我们眼前隔三岔五就光顾一次的沙尘暴现实；从大自然的生态平衡联想到在西部大开发的第一年，青海出现的为国道建设而肢解西海古城的信息。我们只是想在本刊已经多次热烈欢呼"西部大开发"后，吁请民族学、社会学等社科工作者关注、呼唤热情过后冷静的科学工作。我们既不能重蹈昔日管理者中"首先"个人主观意志的"说了算"；也不能为了眼前局部利益，而实质仍是以不为后代负责的所谓"政绩"，而重现牺牲生态平衡、环境保护和文化生态的野蛮行径。

有感于认知与实践关系的不易、树木与树人的时差不同、创业成功与综合素质的关系及育人的迫切等等。其实，这都是西部开发中文化建设的众多方面的一个侧面。是的，讲求政治、经济与文化的发展要相协调是战略之一；而文化资源在保护前提下的利用与开发，也是开发中的战略之一。

今天西北民族大学新校区大门之一角

当今西北民大（本部校门）

西部开发中的文化建设，要以文化的观念去理解，去操作。没有文化头脑的一哄而上式的"紧跟"、"一致"与"任务观点"，往往会出现一股风刮过便什么也不复存在的万籁寂静；而更有甚者还有可能出现建设文化的同时又在毁灭文化的盲目行为的悲哀。

近来"建设文化大省"以云南旗开得胜的登陆而相继出现，这当然是相协调发展的必然。乃远见之识。这些问题要一一办得好，仍然应该是首先"如何为西部创造一个出人才、留人才、用人才的环境"，发挥文化专业人才的聪明才智。否则会永远是对外求才若渴，对内"人才无用武之地"。号召轰轰烈烈，结果不了了之。从我们的角度看问题，我们仍在祝福各级管理部门关注西部人才的培养而支持高校的改革建设；西部有关职能部门的领导能勇于、善于识别、重视和重用自己眼前的人才。

2001 年 7 月下旬，北京大学与西北民族学院将在中国地理的中心城市——兰州，合办"中国第 6 届社会学人类学高级研讨班"。希望这也被看作是参与培养，提高西部民族有关专业人才大合唱中的一种声音而得到支持、关注。

(2001 年 5 月)

大开发话语的背后

　　充满希望的 21 世纪，如同两千年中任何一年那样，伴着元旦热热闹闹又平平淡淡；不无遗憾而又令人欣喜地进入你我和他们之中。

　　世纪之交"西部大开发"的提出，石破天惊，激发了中国西部的活力。于是至少在西部每一角落，"开发"一词骤然成为一个内含了每一位西部人内心所隐藏着希冀的语义，频繁地使用在从个人到地方、民族、国家的任何语境中；每人、每地、每群体都企盼在"大开发"中改变自身往昔的旧貌。应该说这个梦想是最实在不过的现实。好在这个全民美梦在上一个百年的最后一年，已踏实地有了良好开端；从历史看，中国人第一次全民上下形成并明白了一个道理，创造一个美好的中国西部，就是中华各民族千百年梦寐以求的美好中国所必需的。西部不尽快摆脱贫困，社会经济得不到应有发展，中华文明没有一个新时代的整合张扬，所谓整体中华民族的伟大复兴，就会成为黄粱一梦！

　　2001 年的元旦——就在我们热气腾腾地迎接新千年的庆典之日，甘肃兰州——中国的地理中心，是以昏天黑地的沙尘来相会佳节的。大自然再一次警示人定胜天的历代迷信者，当年原始开发的勇武，其实给后代留下的是一串苦果！

　　人类虽然代有智者，替大自然教诲不驯的童年人类，但智者在群"盲"包围下力量终亦有限。这不是，当年马克思主义创始人之一的恩格斯早就警示后来者："我们不能过分陶醉于我们对大自然的胜利。对于每次这样的胜利，自然界都报复了我们。"但一百多年来，我们学者们从历史到如今又有几人老实地总结过对西北的经略、开发得失的经验？季羡林曾感慨地指出："眼前世界的形势已经充分地证明了恩格斯预见之伟大与睿智。许多自然界和人类社会的现象已经充分证明了自然界正在日益强烈地对我们人类进行着报复。稍有头脑的人都能看到，例子是不胜枚举的。"

是的，这一代中国人当是有头脑者，对人为的战乱、灾害和大自然的掠夺，应视为践踏人类文明的丑恶。现实证明高新科技的发达者不一定是人类文明的保护者！这使我们明白："西部开发"对哲社工作者其实也是一个大出成果的机遇。历史之神、自然之神用严酷警示教育我们，中华民族灿烂的人文资源也在提醒着我们，"以德治国"就不能摆脱民族文化之根去做地球村随风游荡的蓬蒿！文化本是多元的，所以国内各族间，域外各国间的文化关系研究，就可揭示多元文化交流对人类共享文明的好处。人文资源的植被，同样不得破坏！开发是对资源原生能力的合理享用，而不是以文化沙漠的代价换取舶来的短命时尚！青海以国道肢解汉代西海古城的蛮横行径，就发生在大开发的今天！西部人，难道你仅仅是瞠目结舌？

新世纪的开端，我刊以季刊的面貌回报十多年来学界对她的认同。我们更要以人类学、社会学、民俗学等学科的本土建设，为西北各民族与生态环境的大和谐，为西北人文资源的捍卫与合理利用，为中华民族的安定、团结、共同繁荣将本刊修筑成先进成果的园地！敞门恭候前沿社科工作者的现场报告、莘莘学子以心血铸就的理性精品！

亲爱的作者、读者们，本刊是您学术的同仁，您事业的伙伴，您热心的服务者。我们以西部人的豪爽在迎接您的登陆！

（2001 年 2 月）

老外的文化资源观："酷"

据说，某国家的专家们搜集了中国各少数民族的服饰，其完全的程度超过了目前中国任何博物馆的收藏。又据悉，东亚一个半岛国的人到西北某地一住几年，系统地搜集了几个人口极少民族的语言词汇。这些爱好者的心愿，都是在中国人热情周到的帮助下实现的。因为友善好客是中国人的美德之一，有偿服务，又是今日市场经济的"时尚"之一。有趣的是，国人中有人认为老外果然不及我中华文化传统悠久，花钱费时劳人卖力地弄咱们的这些，憨得可笑，咱们有的是，拿钱来随便买。好一个"随便"了得！国人有识之士也有搜集，但人文科研经费捉襟见肘，出版补贴筹措维艰，常常是不得已放弃了事。这就应了所谓"文化搭台，经济唱戏"的说法。文化嘛，吃的是人家经济的饭……

西部大开发，已有沿海一带的经验教训，伴随着这个热点，为可持续发展，各类对策、警示、提醒，诸如生态环境保护与自然资源开发之关系等层出不穷。可文化如何看？

另一宗重大资源的开发，却是由一个矢志不渝的老学者费孝通先生最近提出、并奔走吁请各方关注的课题。他的《关于西部人文资源的保护、开发和利用的思考》报告（见 2000 年 8 月 3 日《光明日报》）语出

和巴基斯坦的旁遮普人在一起

惊人。

　　"在文化资源上，西部保存得比内地好⋯⋯传统文化资源保护得相对完整。但在这西部大开发中弄得不好，就会把这些重要的人文资源破坏掉。所以我们一定要大声疾呼，注意对古代文物和传统文化的保护，如果只是为了一点小的眼前的经济利益，而牺牲了我们几千年文化遗存下来的宝贵财富，那就得不偿失了⋯⋯我们必须要发扬各民族优秀的传统文化⋯⋯我们要帮助他们发掘出来，帮助他们发展。应该用平等态度对待各民族的文化。首先我们要了解西部的人文资源，知道我们有多少财产，现在我们还没有底，要进行一个概况的考察、整理，这就叫作发掘、开发。"

　　是的，个人文化资源的家底自己要清楚。文前所举二例，一是看得见的文化资源（服饰）；而另一个则往往不为人所关注，但它也是一种文化资源，属于这类无形文化的资源还有传承的民俗（语言的、行为的、

心理的)、歌、舞、工艺、居住格局与审美、崇拜、庆典和礼仪等等。这类是目前尚无法律保护的无形人文资源。

要保护，先要认得文化资源及其功能，这就需要教育宣传；同时要立法 (以应大开发之需)。还需改善目前文化设施上的窘迫处境。

眼下民俗风情旅游中所谓参与式婚礼之举，能视为文化资源的开发、利用？

也常常碰到基层文化机构，据说原本手头就紧，或遇差务，或为基本工资补充，就操之挖东补西之术以渡难关。殊不知所挖之墙或许就是用价值连城以取蝇头之利而已。

迷信、邪门、庸俗常被视为传统文化；而对少数民族传统文化本来了解、理解就不足，或出于偏见或源于过敏却不愿也不敢发掘、利用的情形，也不是绝无仅有，办法之一是相信与尊重当地专家。

看来，认识、鉴别、保护、开发和利用中华民族人文资源，在市场经济时期更是人文、社科工作者需从各个角度、层次进行开拓的大课题。

有了文化的理解与沟通，多了感情之间的交流与同感，民族之间、国家之间的事，可商量的天地就开阔得多了。

人文建设，精神文明，理解万岁！

这方面，得学学洋人对异文化爱好的 "酷"。

(2000 年 11 月)

办学与时务（50 周年校庆）

　　50 个春秋，半个世纪的里程，在共和国的怀抱里，她率先出现在古老神奇、广袤富饶而又贫困落后的大西北。在中国的地理中心兰州，西北民族学院是在 1950 年 11 月政务院批准的《筹办中央民族学院试行方案》之前，于是年 8 月成立的老资格民族学院。

　　西北，是中国主要的少数民族聚居地区，新中国诞生伊始，在这里首先筹办符合当时西北情况和急需的少数民族高等学府——这是中国共产党在中国教育史上的创举！但是西北民院也和新中国的命运、中国高等教育、少数民族工作的兴衰荣辱的曲折历程是联系在一起的。

　　1957 年开端的"左"风这里未曾幸免，60 年代的灾祸使这里的教育发展步履维艰，至 70 年代的动乱，其结果是共和国的这个教育创举被一笔勾销，更不说二十年心血培养起来的第一批办民族教育的各类专业技术人才，毫无例外地被打成各类牛鬼蛇神，和图书、设备一起毁于一旦！

　　共和国首家民族高校半个世纪前二十多年的历程记载下来的，是与共和国同一段历史的曲折！

　　中共十一届三中全会后，国务院于 1979 年提出民族学院是主要培养少数民族政治干部和专业技术干部的社会主义新型大学，必须大力培养四化所需要的具有共产主义觉悟的政治干部和专业技术人才，为少数民族地区的社会主义现代化建设服务。其实，远在50年代中期，毛泽东就在一次会上提出：少数民族不仅要有行政的干部，要出党的书记，要有军事干部、文化教育干部，还要有科学家、艺术家、工程师以及各方面的人才。

这后二十多年的任务应该说是明确而鼓舞人心的。又因为这20年来在中国并未再发生路线性的问题。那么新时期以来对民族学院的教育发展该做如何评估呢？

有人曾对此评论说："中国西部地区民族高等教育虽然发展很快，成绩巨大，但当前还存在一些突出问题：(1)对民族教育的民族性研究不够，照抄一般高校的模式，与民族地区的经济建设不完全适应。(2)民族高等教育专业结构不合理，大都是文理科的基础专业，而民族地区急需的专业技术人才没有学校和专业培养。(3)合格的生源困难，教学质量不高。(4)民族高校各方面缺口大，办学条件差。"（梁克荫，《教育研究》2000年第4期）

如果说，这个评估从总体上讲是符合事实的，那么，我们对这些"突出问题"存在和发生的原因又应如何去分析和思考呢？是否可以视为这是从事和领导、管理民院教育的所有上下各方面的人都应关注的问题呢？比如，我们是否对"民族学院的教育"，真正建立起了一个经常认真有效地总结、研究、改革的系统。其中包括它的体制、结构体系，它在全国整个教育体系中应占的地位，教育特征与优势，各级管理者的教育管理水平的标准，以人为本的师资队伍建设、更新与保证。生源的配套体系，改善办学环境、条件的资金投入与措施等的调查、研讨和对策、落实。

西部大开发已吹响了号角，科教兴国已确立为战略方针。21世纪，一个竞争、争夺人才，大发展的时期已经走来，50 年来西北民院值得自豪的记录可以说多多；50 年中值得正视和总结的办民院的历史经验也可以说还有许多，许多……。

半个世纪是在希望、灾难与发展中走过来了，又一个 50 年，又一个半世纪接踵而至的步子已迈开。既然我们是办民族教育的，但愿我们都能从教育科学及其规律的高度和教育家的行当上去思考、去对待，去迎接西北民院灿烂的明天。

在新世纪的起跑线上：请走好，西北民族学院们！

（2000 年 8 月）

《西北民族研究》创刊以来的资深顾问之一清格尔泰先生

开发所涉，博伯乐一哂

世纪的大题目：西部开发。举世瞩目！

今年"两会"伊始，"西部开发战略"一下子从重点到焦点，终于汇成全国炙口可热的热点。西部人自己，更是从四面八方吹来各地区、各行业的信息热风，议论如潮；一个自上而下的热气腾腾的局面形成在望。

西部占国土大陆的一半以上，其中少数民族人口占到全国少数民族人口的80％。西部少数民族所居地区占西部总面积的78％。可见西部开发，也是少数民族的一个福音。兴边富民，增强中华民族凝聚力，离开少数民族本身的发展，就没有民族地区的发展，也就没有了西部的大开发，中华民族的伟大复兴。西部开发，要有西部各族人民的一个总动员！

西部开发，靠的是人才的运作。西部十省区市的人才仅占全国人才总数的15.4％。人才来源于学校。据统计，国外本科生升研比例通常占到30％～40％，而我们的比例不到10％！西部现有高职称的42.2％的人才到21世纪初将退下岗位，另50％的高工、农艺师、主任医师等将临退休年龄！

西部开发科技先行是真理，令人堪忧的是西北地区教育的现状。在用好、留住、培养、吸引人才方面，某些地方、某些单位仍处在恶性循环状态！有关人士讲："发展西部地区教育，要采取特殊的政策。"在开发人力资源时，现存体制没有创新也是无济于事。政策的特殊，体制的创新从何而来？多数的情形是在等待上级。故，至今人才流失与水土流失在同时"比翼双飞"……

人才流失，大部分流失的是本土早已举步维艰的高校中培养、成长起来的"知识牛仔"。如果基础设施陈旧短缺、待遇低下不公而又常遭轻慢，牛仔也只能打点行李东进，而事情往往是本土被视为"牛粪"的牛仔到发达之东部或国外，却是鲜花一枝，这恐怕不能理解为东部与外域之伯乐相马水平低下所致。

因此，用好现有人才，稳住关键人才，已到了取"特殊政策""创新体制"之时。不然，引来几只金凤凰，挤走了一批"土"博士，就大有"猴子捡苞谷——又捡又扔"之嫌了。

每年全国在重点大学、内地高校中常有可申请到的研究生点，在边疆、民族高校中却是望尘莫及的。其实，前者常有盛名难副，后者常有

出刊每一期都集思广益

名不符实。西部牛仔是可以成为"知识牛仔"的，仅需层层主管也给西部非部管、非重点、未列入"201"工程的学校的某些优长放点权，行个政策方便而已。

鸡窝里好不容易出了只凤凰，基于不再返祖成鸡，失去来之不易的美名，也不得不东南飞去；何况伯乐早知"凤爪"之谓，本乃鸡爪子高抬，并非真凤。不出走是永无出路的。

需人才之处，莫企足而待！先务实：搞现在人才的扎根工程；再搞创星工程：挖潜、利用一点"银才"人士。还需大仙时，求才若渴，高价引来"金凤凰"，重其才，用其才，成全其才，才为上乘。这真正表现出了"尊重知识、尊重人才"，人才方能"为知己者死"。否则金凤被供之公园，仅为观赏珍品，亦非凤之心愿也！其实，知识牛仔本出西部荒漠，天生具有沙漠之舟奇效，更能适应西部生态环境。此乃真情。

可惜真伯乐乃无权者；领导人并非皆为伯乐也——这大约也算恶性循环之苦果。

聊博西部伯乐们一哂！

（2000 年 5 月）

"我不再是羊群的学者"：您的论坛

世纪之交的回眸与展望，乃当今和平与发展总旋律中，世界躁动不安的人类各有仪式的共同庆典，而百年中几度狂欢几度艰辛的风雨 50 年，确也是中国人伴随着迷雾与阳光争夺来的节日，怎不是普天同庆！

尼采

敝刊有幸在这双庆年代，从萌生、扎根而成长为中国西北民族学界一畦原色论坛，这是靠文人学子们执着地耕耘而存在；靠伯乐、慧眼们呵护被认可的。本期，我们竟也挂上了一面"一级名牌期刊"的招牌，欣慰中夹着诚惶诚恐！其实我们自明这离"权威"期刊相距何止行者十个筋斗？须知当今中国高校人文学界，多少导师为其莘莘学子争得一个学位答辩资格，需在不知何据的"权威"刊物上占寥寥几页版面而倍经登月之难！对此，愚公要不顾专业去摸大风向、揣摩意图心理、寻求关系；智者要投机会取乖巧，跨学科、傍大空，挖空师生心思；有甚者，不惜血汗而为登临之能源……

一则导师愤然辞职的报道（见 1999 年第 2 期总 25 期 273 页），令同病者唏嘘无奈！

教授多如毛，导师无权威。

因为自知，敝刊不忘乎所以。但敝刊确系文人学士们为自身、自我与自立而翼翼编辑，而惨淡经营的；自强与自尊之心驱动我们把本行的这一方狭窄边地修筑成充满理念、睿智，充满独具色香文化内涵的自留地，仅此就要万无一失的严谨、准确，到位的技术运作以及时代的审美品位。为的是在娱乐、消闲无所不包的强手们威阵面前，保卫住她的行业生存资格。因为这几乎已关系到大西北民族学界老中青志士仁人们高层次学术生活"菜单"宽裕与否的大事。这样说，自然是指她在伴随着新千年到来伊始，投入到大西北各民族社会大震荡、大开发、大思考过程中发挥其民族与时代作用须具有的使命感和责任感。

谁要我们交上了这 Cyberspace 新时代的华盖运呢？于是我们要在清醒、稳健、机敏和满怀激情的状态下，把自己学术的三世同堂之刊，有序而快捷地推向新世纪。

"有人问一位圣人：'右手比左手优越，为什么习惯上总把戒指戴上左手呢？'圣人回答说：'你不是不知道，有德的人常被忽略。'"中世纪的波斯诗人既然早已指明了世人的"习惯"，请权威刊哥们权且把敝刊当作学术扶贫的一个小老弟吧。

我们深知如今时时都在优胜劣汰，故我们每期皆小心从事。忧患意识的警钟长鸣告在我们的耳旁：谁亮谁就是太阳！——纵然亮不一定就热；不热的太阳也完全可能是有能量的。世俗的那类上上下下的道貌者喜欢克隆太阳，不为热，仅为遮盖阴暗。

　　我不再是羊群的学者：我的命运要我如是。

　　——谢谢 P. Nietzsche 提醒着后来的我刊。

和日本东京清真寺中道一雄（张恩涛）先生交谈

　　作为本是同根生的刊类，我们共同期盼的是，上级关于学术期刊的定级，请搞得科学点，再科学一点；全面点，再全面一点。人文学术本在惨淡经营中，"巧妇"本存"无米"之难，任何"压力"都难以支撑，何况往往是"不成熟"的操作！

（1999 年 11 月）

千禧风景："谈吧，为了 21 世纪的人们。"

英国历史学大家汤因比 (TOYNBEE) 早在 20 世纪 70 年代初，就以一个新时代历史学家的眼力对世纪之人提出："谈吧，为了 21 世纪的人们。"当临近新世纪之交的关键时刻，"20 世纪回眸"、"展望新世纪"的世纪风，果然越刮越紧，大有席卷全球之势。典型之一的大概是耗费 7.58 亿英镑建造"千年庆典纪念大厅"的英国。中国历来有喜爱仪式、典礼、剪彩等等的"国风"，其中缘由从正面看诚为季羡林先生一语道破："依我看，下个世纪与本世纪不同的，是人类都要具有世界眼光，做一个世界人。我们要问自己：做好这个准备了没有？"

那么，中国的民族学家们对 20 世纪的中国民族学工作做如何的回眸、对新世纪的中国民族学工作做如何展望呢？做好怎样的"准备"，具有怎样的"眼光"才算在民族学界"做一个世界人"了呢？大概主要精力、财力似不该花在"挂红灯"、"狮子舞"和"剪彩"之上，倒是需要认真数数 20 世纪本行工作的家底。因为，中国"地大物博，民族众多"，发展又极不平衡，要具世界人的眼光，做好新世界的准备，都需按

自己不平衡的发展，做自己最需要的扎实工作。即便"千年庆典大厅"很可显示资本主义大国之壮丽辉煌，但据 TIMES 载，四分之三的英国人却认为"此乃小题大做"；而三分之二的人干脆认为"实在浪费金钱"。发展中国家的中国，还有不发展的地区，特别是西北民族地区，这恐怕是千真万确的事实。

欲强烈地做"世界人"，需先做了解自己家底的中国人。这样，明白了自己的差距，清楚了自己的责任，才可知道做"世界人"的目的。"献礼"的红彩带，"耍龙灯"的大气派，景象虽也好看，"必要性"虽也有理，"务虚"虽也常常有用，但 20 世纪留下的事情挤进 21 世纪的大门去干，恐怕仍是新世纪大门钻进去了一个旧世纪的"世界人"。自己的"实"，到头来还得自己去"务"，那时外国的"世界人"未必肯帮不曾"务"完自己上世纪"实"的中国人的忙。

每每想起西北还有文盲、半文盲率达 82.63％的小民族；有的民族专业研究所科研经费严重不足的事实，不少急需上马的基础性研究尚在空白，头脑里映现出来的丝毫不是庆典的热闹，而是艰苦奋斗的召唤，更无泄气、悲观，亦无盲目的乐观！

如是，我们是否可以按老前辈的话问："做好这个准备了没有？"

（1999 年 5 月）

学者与仕者之"蹭"

——"围城"观一例

我们的社会匆匆忙忙，恨不能三步并成一步。这期间，对外得对付那类意中的"突发"；对内又要应付种种意外灾害。如今中国人，包含当年"蛮荒"的西北人是满怀希望地在忙碌、在奔走，我们用中国人的精神、气派与聪明送走1998年的时光。明年的不寻常乃因有国际话题：新世纪前夜如何跨越？中国人是勤劳的、朴实的、实干的民族。事到如今，只盼一点：改革千万不能以不彻底的结局而告终；迅速结束"半市场半计划经济体制"。因为这种体制是社会病毒的根源之一，老百姓最恨的是钻空子而来的各类腐败以及漫延到司法，甚至学术上的高雅谎言与无耻的坑蒙拐骗。

一切当然要"接轨"，不进步就要被挤出地球；凡先进自然要"引进"，夜郎自大的苦果已被几代人吞下。然而自己就是自己，"鼻子再臭也长在自己脸上"，不能无视，只能治疗。真正的中国文化是传承的也是流动的，需要重新认识。欲要了解今日中国鲜活的文化面貌，就应该到蕴藏活文化的民间中去。此话缘由实乃搞民族学、社会学、民俗学之类的人文学科，却不提倡田野作业，不贴心于民众、民情，还文化给主人；稳坐安乐岛、象牙塔去"克隆""学术大作"，以学术贵族潇洒；

以清谈论道而权威，是90年代中国学术界某些角落的景观之一。自然，有出息的中青年学子亦有苦衷：经费不足，身不由己。豪华的"名人""专家"大典之类，用心理按摩投好了某些空虚者的需要，搞学术的向仕途"蹭"以抬身价；仕途中之人不安于为民办事，附庸风雅，千方百计向学术上"蹭"。学术应有的良知被泯灭，职称实际上成了与世俗利禄挂钩的"官衔"。更糟的是这种"病毒"浸入体弱的个别青年学子身上，千方百计地弄学位、职称，而一旦到手，则学问、品格便全然无存，路遇不识。一旦有此包装，便不安于学者身份，争当首长、书记之类，为此目的，可不顾一切，"该出手时就出手"。另有某些"学者"专心炒股、忙于主编，以补"羞涩"，以造专著。诸君都以专家里手"嘻嘻""哈哈"；"今天天气不错"。而对如山的"克隆"成果，却无真言批评。其因是真话会带来无休止的麻烦和骚扰，惹不起，躲着过。社会上的阴影，学界、文化艺术界中的伪劣包装，看起来是右的丑恶，其实是根于"左"的新枝，封建专断庸腐的迷信用时代新法：以权谋私、结党营私、金钱崇拜、道德腐蚀等吮吸民族、国家、老百姓的膏脂以肥自己；企图让舆论、法治失灵。从这点看，各民族一律平等的民主政治是消除各类腐败的前提。

　　"最可怕的是鸦雀无声"——邓小平不愧是时代巨人。我刊的心愿就是为诚心甩掉这一切社会病毒的老、中、青学人们开一畦绿色的学术场地，面对现实，紧贴生活，与中国的老百姓一起朝气蓬勃地送走20世纪之末。

（1998 年 11 月）

"现在却有点不同了"……

　　十年来，我们在每期刊物发排时，据当时学界与编刊中遇到的问题，不得不拉拉杂杂说到了一些零零碎碎的话题。这类话题无非是紧把刊物原定宗旨，以取信于学人与读者，不断进取，推动中国西北地区民族学 / 人类学的建设与发展。然而如今学者不稀，通才众多，仁智各异；加之行业渗透，电脑普及，是人才拥挤的时代。在此时要办出一个各路行家都买账的学刊，仅靠我等一介书生凭专业热情则大有不量力之讥。于是在各类磕磕碰碰、各种"理顺"和时有"刀光剑影"中度过了不断学习的十年。

　　我们学会了自省，也明白了尽责。对当初出于使命的唠叨，回头看就天真得可爱又可笑了。

　　西北地区民族研究涉及问题不少，既涉外更有内、既有历史更有现实、有稳定更有发展的等等问题。自然，也有基础研究的开展与坚持、也需应用研究的开拓和探索；有点、面的问题，也有具体民族、地区的差距、平衡和倾向的研究。由于受社会及学界大气候的影响，我们逐渐明白对上述任务的实践并非易事，除办刊人本身的各种因素外，办刊环境在一定情况下成了决定因素。我们说办刊难，更多是指不由自主地受某些因素的干扰，其中那类所谓"填空"、"超越"的"成果"，实际是类似不田野考察只靠文献堆积的材料搬家式的"大作"。作为文摘看，也算。是研究吗？不敢苟同。若谓之"学术"，大约玩的是泡沫之类了。作为办刊者，从职业出发自然总要为真品、精品的产生而讨一些人之嫌。最近大陆外的一位青年学者致函本刊谈了一点看法，引起我们的思考。他在信中说：

> 我觉得民族学界的风气是不正常的，动不动讨论大结构、大框架、大战略，空而无当；五六十年代的材料又失之简略或偏颇，没有真正反映民族文化的状况；而这些事情正是我们今天应该去做的。几十年来还没有出过一本像样的田野调查报告，基础没有，理论又从哪里来？所以我想……西方词汇本身并不是我们的民族学。我们的民族学，在今天特别需要献身精神，需要甘于在田野生活中吃尽苦头，这样的学术才会是认真的、严肃的，也才不会制造出伪学术的书来妨害社会进步和学术探讨……我看到有些期刊，文章不少，没有人真正研究问题，而在田野调查中，碰到的问题那么多，许多我们自己的事，没有人去做，外国人来做了，又做得不得要领……大家忙着赚钱，少有人认真做有益的研究工作，我觉得这是很奇怪的事。过去条件艰苦的时代，也有人做了不少工作，不为名利，反为求知，现在却有点不同了……

自然信中所言不尽妥帖，但其对民族学术的热忱和认真之情却是溢于言表。我们之所以赞同，乃因我们努力在办一个真正的学术刊物，而非搞并无价值仅为个别人所需的"文章"汇辑。我们亟祈海内外贤达的理解、沟通、支持与协助。我们的学术之心是相通的。

（1998 年 5 月）

守望西北

北京有个《民族研究》，是由中国社会科学院民族研究所主办的。虽然刊名前没有标明"中国"，但主办单位的身份已表明了它的属性，中外读者都不会产生理解上的歧义。它是目前民族学类排名首位的核心刊物。我们的刊物既标明为《西北民族研究》，它的属性、服务领地、宗旨更是一目了然，纵然每期约有50万字容量，但它属于区域性——中国的"西北"一角，专业属性上也就并无模糊之处。从创办之初，我们明确这一点，实说也是为了紧紧扣住我们自己的专业范围。

我们是一个学校内的研究所。因为是国家民族事务委员会主管下的一个区域性普通民族高校的研究所，自然要遵照学校方针，立足为本校的教学服务。这样，中国大西北的各民族及其相关问题，就是我们研究的任务。毋庸赘言。

我们的区情是：西北总面积300多万平方公里，几乎占全国总面积的1/3。总人口为7952.2万人，约占全国总人口的6.9%。现有51个民族，是中国民族最多的地区之一。少数民族人口为1489.7万人。

这里是中华民族最早居住、繁衍之地，也是古代东方灿烂文化的摇

70年代饮马漠北线

篮。这里世居着有悠久文化传统的民族：汉族、蒙古族、回族、藏族、维吾尔族、哈萨克族等等；也居住着直到 20 世纪中叶共和国成立之后才承认为合法单一民族的土、撒拉、东乡、保安、裕固等等人口极少的"独特"民族。这些民族没有过本族文字，对他们民族的来历、久远记忆、崇拜、信仰、仪式、神话以及部族、家庭的伦理等等，都仅仅依靠口耳相传，代代传承，保存在本民族语言与心灵深处。在历史文化的文献记载中，为我们提供的可用资料，几乎是一片空白——这也是实情之一。

　　这十年来，我们共发了一千万的文字。根据区情，关注了西北各民族的各方面、各层次的研究；尤其注重了上述"独特"民族及其学术新人的培养。也是鉴于此，我们特别倡导了田野作业，对于真正符合行当要求的调查报告，我们视为具有价值的佳文，与有深刻研究的论著"一视同仁"。这点倡导想必会得到同道者的首肯。

《管子》有言：十年之计，莫如树木；终身之计，莫如树人。意思是清楚的，培养人才不易，需有永久之计；而栽培树木，有十年工夫也就足矣。我们开辟于西北高原黄土地之上的这畦民族学术园圃，匆匆竟也十个春秋。耕耘不流汗，是虚伪之言。我们不少同仁熬红了双眼，也遇到笑迎白眼之时；为剔除"泡沫"学术，而惹来了"大腕"动怒之事。这都有过……

　　值得欣慰的是，我们虽非"大家"、"权威"，却大致可识"货"，基本上为读者守住了门，伪劣假冒不能说无，但未能占有多大地盘。我们基本均属兼职，忠于学术，不为创收打自己专业同行者的主意。绝大多数的作者、读者甚至少数民族知识青年热情地肯定了我们的劳动。

　　那么还说什么呢？——"士为知己者死"！

（1997 年 11 月）

"核心"之类

　　立足西北，胸怀全国，关注国际；既瞄准每个"民族"，又观照中华一体，且是专业学刊。怎能办好？——这是我们创意之初的思考。

　　就这样办下来了，屁股坐稳，眼睛朝下，一干十年。还行吗，这样下去？——这是目前被"压"出来的新观念。

　　当初只凭本界同仁疾书恢复学科的热情，爬格子中的感受与感慨，凭书生的较真劲儿创意，有领导支持就干起来，当初仅会看稿，不谙编辑。

　　至今，固然组约、看稿、划版、美编、译题、编排、校对、发行等等，皆可跻于一身而兼之。

　　然今非昔之可比也：当今传媒信息瞬息万变，百业俱盛且百舸争流；加上事事受"国际接轨"摩登之驱动，时时碰上下左右冲撞之掣肘。欲较劲儿办学刊，无寻觅赵公元帅、包青天二公新招儿，靠昔日老报刊人——学者作家化、专家杂家化，那样单纯去操作，已有难招架之势。举凡什么策划学、公（攻）关学、应酬学、周旋学、对策学，甚至厚黑学等方术——时下某些办刊人特备技艺，便是书生办刊所短缺的了。囿此，学术行当之操守：不因人废言、权威唯上、"童叟而欺"、媚俗逐流、附势取宠；忌从学子学刊身上搞"创收"之思路滋生，倡甘心做嫁为西北"开风气育新人"尽绵薄之用心等等高调善举，往往是"背着石头爬泰山——"（并常有砸自己脚之险）。除非精神、物质双保险。

心里话：如领导"两手抓"，深明大义，颇多精神支持，便以此可缓解"马王爷三只眼"之类的心惊肉跳。

可以亮丑：我刊在本省没有被评为"一级刊物"之类，也非某些"核心"那种"核心期刊"。前因是发行数达不到如畅行刊物云，如《读者》类；后因只能是敝刊属小刊未进入大家视线内之故。虽说也有知名度很高的几家大学将敝刊定为其专业博士生发稿可认定的"核心"刊物，但它只是专业圈子内教授先生们的一厢情愿。我们清醒地明白这种"核心"并未得到非专业大家的认同，是不算数的，故不敢沾沾自喜；反而是做好随时被拉下马的精神准备。

我们对这类内幕、丑闻、尴尬和压力、羞涩之类，不掩饰，不解嘲，学巴金老先生那样说真话，只是对我们的作者与读者，因为刊物是他们的。

敝刊至今认为：占中国总面积 1/3 国土的大西北，民族众多，各族同胞如沿海一带兄弟姐妹一样可爱聪明，经济文化滞后与内地不可同日而语，是历史的罪过。百十年来，尤其是"史无前例"之后，大西北之于中国的重要性已深为国人痛察。故有国家今日经济建设战略重点之西移。巨变出现于这块中华民族最早共同生息、开拓，实为灿烂古代东方文化摇篮的大西北是指日可待的。她将巨变：必须研究之，缘于她昔日的兴衰，她应得到保护（安全、稳定）、开发、开放和发展：也必须真正研究之，缘于中华一体目标之实施。这其中西北各民族的全方位研究，早已是各族兄弟翘首以待的学术课题，何况不少学科是今日国际学界的显学。为其学子呕心之作开一畦 12 个月仅收获两次的 MINI 园地，敢问有重复办刊之嫌否？

发展西北各族学术不可怠慢，无权怠慢，继续于前贤之后，共在于同仁之中，安分守己，尽历史之责。是敝刊之小小心愿。

空话、大话乎？哗众以取宠乎？曾给我们以真诚期望和支持的上级、尊敬的老一辈学长、不畏艰苦敢坐这一冷板凳的青年学子，及本界优秀学刊之贤达，请给予我们以指导、理解和声援，我们是同一领域内的朋友，是互补，无相煎。

十年干了些什么？为回答西北各族同胞及中外作者、读者朋友们，我们编印了十年总目录的中、英文版本。

这一份答卷是供刊物主人们与"上帝"检索备查的。谨以此"不好意思"为我刊十年刊庆之礼，祈哂纳！

（1997 年 5 月）

如今办学刊

钱钟书先生

学术刊物本是一方学术荟萃之园地与知识信息的窗口。我们多次表达过一点愿望：默默苦干，学习着修筑一方高品位的学苑。

如今中国是春城无处不飞花，学刊众多。这边自是雕梁画栋、笙歌华筵高消费；那边却是焚琴煮鹤，人文掉价囊羞涩。怪，也不怪：红绿自然，黑白人生，世之常也。古老文明也孳生支系"国粹"：中国人中有既笃信厚黑学又死爱面子者，尤以儒士为胜。孔乙己"君子固穷，窃书不能算偷"之类是其传统。可是这一来于当今学界就热闹了许多，一些人为了那个面子有要求，另一方为追求职业道德要制约，一来一往，欲用严肃态度当一个适时事讲高洁又真心作嫁衣的办刊人，在赝品更比真货真，大胆妄为者更比"权势者"敢用权的转型时期，不就难煞人耶？最苦还是刊物主持人，大约均为"易招怨"者，若惹翻了这帮学术潇洒者，便被列入微笑目光背后的钉、刺类。怀此意识者们还极易结伙聚众，施展跳上窜下技能，迫使你就范，哪管什么办刊之品位！其二，先生们特善利用年龄的老少为优势，是急于全面辉煌

与德国著名蒙古学家海西希（中）蒙古语言学家云登（左）在乌兰巴托相见

的"精英"，在他的关节眼儿上——为高职计篇时，镀学位计分时，为其"新思路"的创收时，刊若配合不及，用诬陷、诽谤、造谣与恶人先告状之爱心给你一枝暗箭，其勇气是绰绰有余的！

钱老先生曾有诗教："落索身名免谤增"。可求成心切者其"精品"要蹭蹭你核心刊物的风雅。为捍卫安心做学的学子们这最后一方净土，你即便"固若金汤"，也要付出被软、硬、酸、甜各式榴弹击穿的代价，那么如何"落索"？

保卫学术大地的一点绿色防止沙化；搞一场学术圈内"环保工程"防止污染，应该是到了行家领导与存有良知的文人们群起而行之的时刻了。

客观地讲，难题困扰着今天的中国人：渴求市场经济而金钱拜物之魔又乘虚而入。这厮凶兮可通神使鬼；此泼毒兮特殊材料铸就者的肌肤也难免其害。有道是此乃人穷即有志短者。精神不文明之风刮进了儒雅高士之围城内。"歌声乐声又加叫卖声，风声雨声不闻读书声"，是如今校园民俗一景云；攻历史学位读不懂《史记》和不会换算中国历史纪年者得意无愧，因为他却善旅游、广告类。

当年的"入党做官"被灵人发展成学衔图官的时髦。"造反有理"的脾气包装上了自由民主的摩登……于是模式"论文"、买号著作等等之新"民俗"便衍化出振振有词的为职称、为学位、为创收而有偿服务的办刊创意。

学刊非高学位者成果之园地，变成需要高学位(高职称)而又不肯下苦功者的"硬件"显示器。所谓世界观、人生观、价值观还应不应有个黑白说法？

缺个性、少风格、无评论、无档次成为一部分学刊共同的弊病，充其量文章之汇辑也。

人人争演主角的当今，所谓新观念中温良恭俭让是无能的代名词；而虚怀若谷则被视为不懂推销的蠢行。你如敢将媚俗文、趋时作，玩弄术语的学术装潢和"回锅"式翻新品作为淘劣标准，那么你本来就处在兵临城下的围城，你办刊的安生还有什么保证！

恩格斯曾有名言：真理是赤裸裸的。按说无私者无畏。可培根的注释颇令人深思：真理是时间的女儿。时间啊时间，对个人来说怎奈一个生命有限了得！

儒林内事之披露，往往初为愕然，复则喟然，再呢，木然了……

扬善惩恶兮，归来！

欲为学术一方的绿色去"慰藉那在寂寞里奔驰的猛士"确需呼唤真

正的伯乐！

"予不得已也"，为了拯救予的灵魂。

（1996 年 11 月）

和撒拉族的老"联手"在一起

裕固族妇女服饰

"民"字为旗

看来，1996年学界形势又是大好。仅在与本行相关的学术领域内，就将是一个被活跃的景象了。近而言及：4月，老学者为之奔走的"国际民间叙事研究会1996年北京学术讨论会"揭幕在即。这是世界民俗学者的中心组织 INTERNATIONAL SO-CIETY FOR FOLK NARRATIVE RESEARCH 在中国的首会。口号是"让中国走向世界，让世界走向中国"。这自然是一件盛事。7月，由坚持汉译藏文《格萨尔王传》而蜚声国内外的王沂暖教授所在的西北民院与专业单位联办"第四次《格萨(斯)尔》国际学术讨论会"，为世界学者们宏论大作的问世，筹办专家早已忙得不亦乐乎。紧随其后的当然是另一伟大史诗"江格尔第二届国际学术讨论会"于北京拉开帷幕。9月，"面向21世纪的亚洲民俗文化国际学术讨论会"在热心者的操办下将预测亚洲民俗文化研究的态势。

以上仅仅是"让世界走向中国"级的，至于类似"中国北方民间文艺协作区第四届理论研讨会"，"伏羲文化"、"游牧文化"等等讨论会就数不胜数了。

倘不存在经费羞涩事，今日中国人文学术的火爆景观会更为辉煌。然而学术贤达们不可无视今日中国社会中以"民俗"、"神秘"、"特殊"、

"传统"以及"民族"等文化为名号的喧嚣中，拉"文化"做大旗潜流着浊水、沉渣、糟粕和垃圾的又一现象。这类"民俗"与"传统"文化的假冒伪劣正在畅销无阻，冲击和败坏着正宗的民俗研究。以现代物质文明手段所经营的封建迷信；以语言病态十足的"梦娜"、"烧烤吧"、"英派尔"、"克力架"的字号、品名为炫耀洋气之举；挥金如土的厚葬仪式沉浸在《桃花江》和唢呐

钟敬文

的协奏声中……如果这类社会风景仍说明国人整体文化素质尚需提高，当前一切"合法"的民俗事象要不要专家们来点应用性的阐释呢？渗透而来的西方"文化"事实上证明不全是现代化的、文明的，那么"丸散膏丹"和"假洋鬼子"式的文化掮客也仍需鉴别之，无论其旗号是民族的、乡土的，还是新潮的、舶来的。

"不患人之不己知，患不知人也。"知人，才能"见不贤而后自省"；知人，也需要真正的知识，不能全靠经验。故扫盲、实现全民基础教育是知人之必需；真正掌握 ABC 也是知人之必需。文化"甚嚣，且尘上矣"是队伍中有鱼目，鱼目包装得比珠还珠时，行情就被搅浑了，往往是行家汗流浃背干不成事，而鱼目却能闪出一时的绿光。学术之伪劣、行家之伪劣亦需鉴别，且需一点勇气和认真。

（1996 年 5 月）

学术回应： 不高

　　本刊年初一期面临春光、盛夏，是播种、耕耘的季节。这年终的一期正值金秋、收获之时，适逢西北民族学院——共和国第一所民族高等学府45华诞之庆，我们油然一种虔诚，企望编织丰收花环呈献于学校，于是便有了几位攻读学位的莘莘之子的田野作业、习作、译文以及几位有关系的先生之作……

　　真可谓十年树木，百年树人！

　　英国当代著名教授、作家安东尼·伯吉斯（A. Berbius）三十多年曾有被评价为对当代世界梦魇式预见的《带发条的桔子》一书。书中主旨不幸被今天的现实又一次如同往昔智者们一样所证实：物质文明高度发展的社会里却泛滥着丑行、罪恶，产生着更多反道德文明的人群。对罪犯的治愈不仅动用了祖先已有之法——监狱之类，而且现代科技也尽其所能为之配合。结果呢？现实无情地表明，通过矫治罪犯并未根除罪恶，而仅仅把目标集中于对物质文明的苦苦追求，恰恰是罪恶滋生的根源所在！

　　所以我们曾反复引用下面一段名言，期望能发挥一点警世的作用。这就是：

任何情况下，都不能以牺牲精神文明为代价去换取经济的一时发展。

吸收世界文明的一切优秀成果，提高全民族的思想道德素质和科学文化素质。

那么精神文明的建设与全民族"两个"素质的提高对于我们民族学/人类学和民俗学工作者来说(尤其是大西北地区)应肩负什么具体的任务呢？应如何具体实施与操作呢？

本期发表北大李建东之《〈中国人类学发展的困境与前景〉及其在大陆的回应综述》我们是有一点苦心的。其缘由是差不多占中国领土1/3、全国民族最多的大西北，又拥有一些高等学府及科研机构，然而却对涉及我们的学术与建设大业的见解并无多少"回应"，这种冷清与我们学术、文化植被的丰瘠程度是否有一点关系呢？哦，人类学/民族学之在中国还待何时！

既然大西北人如今已在自然的沙漠上重创了绿洲，那么文化与学术上的沙漠化也应该是可以阻止的。当然，我们迫切的学术需求，还得谨防学术的假冒伪劣机登场，干欺世盗名之勾当，干伤天害理之事。此话不虚，而今，学术上也有人在干椰子树上产哈密瓜的生意哩。

从这点出发，"科教兴国"的提出确乎千幸，万幸！

（1995 年 11 月）

做事的胆与心

无边春色漫大地。

1995 年的春天带给学人们一些什么气息呢？研究中国大西北的民族学家和民族工作者们在 1995 年的春光里思考着什么，探索着什么，播种一些什么，从而期望着金秋得到一些收获呢？

有一则信息说：

在一次西北部分地区民族研究所所长联席会议上，某省一位负责人向与会者提出了一个问题，大意是苏联解体从某方面表明民族工作的至关重要，唯其重要，对其研究不但不可松懈，加强更为迫切。请问诸君，你们的行情是更红火呢，还是如同眼下社科、人文学界的不景气一样？其原因何在——认识问题？投资问题？环节上的原因？抑或是自身的原因？

对此，各地民研所所长未能达成共识，原因是各地、各系统情况互有迥异。仅有经费不足是共同存在的问题，各自正在以不同方式设法自养，有甚者已出租了办公室。得悉受此制约，信息交流、合作攻关、资源共享、互补互助等协调活动便很少开展。于是相应出现了有某种优势的部门不一定能开展某方面的调研；无某种资源的单位，却是某学科的

草原上的江格尔演唱会

"中心"。某种人才、资源不能物尽其用、人尽其才；而大显身手者，往往并非其专长(除公关能力外)。"根"在哪里？是主管部门情况不明，或财力不足？还是一种导向：引入平等竞争机制于社科、人文学界？目前书市上宗教类、民俗类所谓著述之五花八门，能否看作是一种人文繁荣？"皮包公司"式研究单位的出现可否认为是一种正常？

看来一个全国性的协调部门(或指导性机构)似乎是起码的需要。有人建议道，全国各民族院校、各自治地方的高校所属科研部门有一批民族学科研力量，能不能有一个上级部门来一个协调研讨、互补攻关的形式，把分散的机构真正"抓"起来，统筹力量，科学地发挥一下其真正的优势呢？

我们倡导民族学原理对中国当前各民族现实的多一点参与，而且应该是全方位的。历史文化、传统文化中遗留下的难题不探讨、不疏理不行；当前生活中碰到的新课题不正视、不介入或只抱二十五史，不拥抱生活现实，亦有不全面之嫌。南、北经济差距的拉大、民族地区教育的滞后……乃是一种眼下的存在。正视、探讨、对策皆需上、下协调；有科学的态度、方法共同对待之，任意性的长官意志行事就会逐步退去。有道是"在任何时候、任何情况下，都不能以牺牲精神文明为代价来换取经济的一时发展"。

一位诗人说，中国的当代史研究虽没有悬为禁区，却还往往不过在"三岔口"打太极拳。是的，现实不沾边，仅仅是现成材料的"搬家"式研究和"论著"，于真诚的读者无异于是光阴的抢占或生命的侵吞。这位诗人还说：

这一片荆棘丛生的处女地，正等待着有才、有学、有识、有胆的有心人去开垦和耕耘。

民族学家们需正视一下我们自身的问题；自然我们也期望主管者们多一些慧眼，多一些理直气壮的责任感。

谬乎，足戒而已。

（1995 年 5 月）

刊庆良苦

我们的学刊，在又一个求索的1994年中，同已栖身于民族学界而终身无悔的老专家、虽也艰辛誓不跳槽的中青年学者以及众多中外的文友读者们，在欣欣喜喜和困境迭迭的交响声中度过来了。谨向朋友们道一声心心相通的问候：幸甚！幸甚！

至本期，诸君在刊脊上赫然可见15一数，一十五卷正逢敝刊创刊十周岁（1984—1994）。我们没声张，没搞同界惯常的刊庆活动：上级、首长的表彰；活动家们的贺词、哄抬之类。原因之一是没有那份供流金溢彩以"誉满全球"的硬通货；其二是敝刊之为学，追求一种刊格与品位为宗旨一，不敢媚俗而装潢。十年来刊物本就依靠诸如费孝通、季羡林、蔡美彪、谷苞、杨志玖、牙含章、杨堃、清格尔泰、黄盛璋、王沂暖、方龄贵、赵俪生等等老一辈学界宗师、泰斗和陈得芝、魏良弢、陈高华、张广达、周伟洲、邓锐龄、王辅仁、耿世民、王尧、马通、陈连开、刘迎胜等等当代学坛中坚、名流以及相当一批本领域的骨干、生力军们的道德文章及其与时相生与道俱成的成果而破土新生、茁壮成长起来的。编刊人从中效做人、学为文犹恐不及，岂敢在神圣学坛虎皮大旗下玩随俗俯仰的戏法！——敝刊的这种脾气（难谓风格）便自然导致了她这个温馨的十岁生日是在冷清默默的气氛和一如既往埋头伏案的坐功中不觉寂寥地度过的——这也无妨："浮名误我"，钱钟书大师之语当为警言。

1995年呢？

我们的态度：本刊一息尚存，除坚持原旨，再次强调田野考察与民族文字文献汉译，继续办好学位论文选载、国外新信息译介述评外，一个新动作是：

学术小品——这块新园地里我们倡导学术性趣味短文，举凡田野手记、遗闻佚事、读书札记、随笔杂感、史实订正、书话题跋、边疆奇趣、编读往来、作者谈刊、域外来鸿……总之，在民族学这个大圈子内写些情趣盎然的小品，这对编刊的活跃，对跨世纪者的启迪诸意义应该是不言而喻的。我们尤其希冀着老先生们来耕耘它。

现居青海循化的撒拉人，集体记忆里，是关于白骆驼把他们举族牵引到这块新的家园

吾刊为学界同仁及后继者们共同培植的果实，我们既施于以血汗，自然为育其高品格。"纸墨更寿于金石"是我们追求的信念，因此不高之稿酬虽已是我们全部经费的投入，我们仍确信宏论大作之诸君与我们之间存会心之淡然在。

消灭错字——是 1995 年编辑部攻敌举措。为这，我们对洋洋数万言却工整书写至终的余太山等先生之稿与用当代技术——电脑打字的纪宗安等先生的大作倍加赞赏，接班者诸生力军能否在赐作的书写上助我们一臂之力，善哉。

版式上有新想法：今后凡万字以上正式论著，请附作者学术简历（含黑白小照、职称、服务机关，共 300 字）、内容提要（300 字内），如可能亦请附英文篇名、提要。至诚拜托。

困境中偏无退却只求索，潇洒地往前走，封存起一切的艰辛，要的就是这点精神——共勉之。

（1994 年 11 月）

从学到人

赵俪生先生

　　一位与黄土地、老百姓有血肉联系的作家说：热衷批评一切，无视自身责任，这两点都不可取。此言诚挚深湛。

　　报载：中国某权威学术机构 1993 年共完成专著 464 部，调研报告及论文共 1.5 亿字。但真正有创造性，有很高学术水平的却微乎其微，甚至有不少只是低水平的重复。（《北京青年报》）

　　也有人撰文说：社会科学未能系统地为社会的改革和发展提供思想上的指导，多数情况下不是去为国家的管理者、决策者提供可行的咨询，而一般的是在国家重大决策做出之后进行跟踪论证。这不仅使社会科学难以成为民族精神的中枢和理性指南，反而使自身贬低到差不多无足轻重的地步。

　　于是乎，这方圣土上今日便呈现出丰富多彩的景色：一面是所谓最优秀的专家学者年年报选题；另一面据说是否完成、完成的质量如何却无人监督、考核。一面是学成归里的博士、硕士有过难得施展才能的落脚点，或怀抱血汗成果却因无法给出版社奉上一份客观而合法的补贴只

有喟然长叹而已。另一面在位的"学者们长期坐冷板凳，在书斋中著文写书……很多论文只是大量资料的罗列，无法满足实证研究的需要"云云。能者不在位，在职的非贤者。更有甚者，不识洋文的西洋文学学者有之；不接触少数民族的民族学教授有之；不辨人种的人类学家存在；不知统计法、无实证数据的社会学论文在获奖。巧于包装者印象看好；善于公关者出书有款；名家作序、首长题词、请人写评、记者专访，轰轰烈烈，热热闹闹，至于此类"成果"究竟能为后代积累多少有用的文化财富，无人知晓。凡此种种，见怪不怪；已习以为常者也。苦就苦了入伍的青年一代，一旦蓦然回首时，路被先生们引岔了！

问题出在哪里呢？据说中国社科院一位副院长疾呼："按照原有的体制，社科院已经走不下去了。"

又有有识者曰，我国社会精神生产滞后于社会物质生产。目前表现出的低水平的重复生产，生产形式原始，人才积压、流失，文化生产部门结构不合理，管理体制僵化不健全，缺乏有活力的激励机制等，皆因我国的社科文化生产在生产条件、手段，管理体制、规模、质量等方面都与发达国家存在着较大差距。

看来出路还在于坚持改革开放。我刊发表谷老的文章，发表刘援朝的调查报告，意在提倡一种做学问与做人的态度，一种敬业精神和为民族未来的责任感。

耿直而坎坷的赵俪生先生为作者
留下的珍贵墨宝

　　"世纪末的新潮思想往往是伪学"。"对付严谨的胡说，最好让泼皮的胡说来干"。"但是新潮派并没有确立自己。他们的办法只不过是把水兑稀。他们没有发现，只是听说。他们没有基础，不敢浓缩和朴素化。他们只祈求洋人赐宝，而没有深入中国。"① ——这是多么一针见血的警言妙语！

卖葱的就卖葱，理发的去理发。还是干什么的就像什么的好。

（1994 年 5 月）

---

　　①　注文见《热什哈尔》序言，生活·读书·新知三联书店，1993，北京。

"为富不文""贫不兴文"

恭贺 1994 年元旦！

May your Christmas and New Year's Day be filled with love and happiness!

本刊及经办单位——西北民族学院全体同仁与一年来为本刊撰稿的学者、忠实的读者诸君、学界诸友怀着同样欣喜的心情迎来了又一个新春佳节。1993 年于我们是一个峥嵘岁月：我们是用承办单位全部经费作代价而维持了这一年刊物的出版！为此，我们由衷地向担任本刊学术顾问的学坛宿将、参与审稿的专家学者尤其是那些不为孔方兄所引动，而饭疏食饮水，曲肱而枕之，乐亦在其中，对遭冷遇的学术圣地贫贱志不移的中国各民族老中青学界朋友们，致以崇高的敬意和亲切的问候！

一年来，我们可以告诉诸位的是：本刊已被京华各方专家通过严肃科学的程序而评定为全国中文核心期刊之一；我们的刊物也先后被台湾地区及美国等书报期刊商公司收入《中文期刊购买指南》等刊目中。

本刊在海内外学界的影响正在扩大。自然，这是我们大家付出辛勤代价的果实。

中国是一个由多民族组成的国家。中国大地上各民族之间的关系，体现着中国历史特有的生动和丰富的内容，这对中国各民族历史与现状的研究、构建中国民族学体系，不仅具有极大的学术价值，而且对弘扬爱国主义精神、加强民族团结皆具有很大的现实意义。这本是不言而喻的普通道理，然而现实中不时出现的那类难堪事端，却从负面折射出这块学术领域当前的情景……

说实话，我们面对先富起来之后却又"为富不文"；囊中羞涩中又"贫不兴文"之类有一种扫不尽的怅然！我们实在也无力用"创收"之法来办好一个高品位的学术刊物。我们唯一的一着，就是凭中国文人的一点传统精神：源于责任感的一种不计代价的奉献！

因为，在市场经济发达之国，社科学术是否皆由从事者"创收"而发展？我们对此不甚有知。

因为，我们似也了然，恰如诗人所思，待进入工商社会之后，学术只能成为忠于学术者殿堂的柱石，"勉力支撑着他们那业已风雨飘摇的生命大厦"。

然而我们是心甘情愿的，除非"弹尽粮绝"，"羞涩"如洪流足以淹没掉我们的奉献。

现在暂且还不是。

（1993 年 11 月）

美国哥伦比亚大学图书馆收存我刊

日本国立民族博物馆藏有我刊

本在误解中

夏尔·波德莱尔（C. Baudelaire）曾有言，世界只有在误解中才会前进——正因为普遍的误解，大家才协调一致。精明之人——即永远不和别人协调的人——应适于喜欢听蠢人的对话和阅读不好的书籍。他将会从中获得苦涩的快乐，而这则将极大地抵偿他的疲劳。

资本主义的法国经过了 100 多年的发展和演变，较高的物质文明和空虚的精神世界所形成的矛盾，给人们带来了极为深重的焦虑、不安和惶惑，使得更多的人理解了当年波德莱尔发出的呻吟、抗议和警告。（郭宏安译评：《恶之花》插图本，漓江出版社 1992 年版，第 5 页）

是的，"第二职业"、"卖馅饼"、"下海"等等舆论与媒介导向，一时竟在东方文明古国的大地上酿成了为社科、人文科学向何处去的忧虑，而且是在改革开放的今天，的确给莘莘学子平添了些许快乐的苦涩。

终归有人从"误解"中重温起当代伟人邓小平的告诫：建设高度物

质文明的同时，提高全民族的科学文化水平，建设高度的社会主义精神文明。1993年3月28日《南方日报》透露珠海市"重奖"又有新举措：社会科学和文教体卫工作者同样可获奖。这可视为一种对"误解"的"协调"之举。

本刊是以中国民族学这个大范围为论坛的。综观各国现状，无论其制度、名称有异，但都有实质上的民族学／人类学研究。就学科言，它与不少学术领域，诸如社会学、语言学、民俗学等密切相关；就自然形成的分工说，我们侧重以中国西北地区的民族为研究对象。其本身与所含相关学科均属社科人文范围内。

中国的改革开放是以经济建设为中心的。经济建设必须依靠科技进步，同时也必须有各族人民素质的提高。社科研究直接涉及人的素质提高，它与经济建设的速度和质量是有直接关联的。这应该是毋庸置疑的。

客观存在着一种事实：在民族学研究、教育的某些部门人才流失、课题流产。经费投入取消或不足被种种短视见解、偏激观点与诸如"长线"理由所释通。而另一处事实也是严峻的：不少属于民族学范围最迫切的课题逼在眼前，却因无研究、无论证，照旧章办新事导致了"精明之人"的负效应。新闻媒介与舆论界对社科和"为本"的教育所掀起的以从商捞钱为能事的沸沸扬扬，同时也给民族学界某些人及部门酿成学风上的变态：不下乡搞田野作业，却"下海"大搞"创收"——转动"魔方"挖学术；有钱即可出书，有书就算学者，这已是习以为常的景致了。

从这点出发，本刊尤其感激谷苞先生这一代老学者的事业责任感与孜孜矻矻为学科搞基建的精神；我们也由衷地赞赏马戎先生这类踏实、严谨的学风。

钟敬文先生为'兰州会议'题词

    我们也扶持某些文章的发表，并非其质量已属上乘，引为我们珍重的是其作者：各兄弟民族，特别是那类人口极少、西北独居、历史上不曾被承认为单一民族的那类作者，他们对某些民族问题的新颖观点应引起我们的兴趣和重视。这表露出本刊的一种主张：提倡来自现实、现场，出自田野的真实考察，然后才有理论抽象的民族学。本刊也始终企望在所赐的各类大作中，使民族古籍和文献的挖掘、整理、译释、研究与凭借尽人皆知的故纸翻样儿作什锦拼盘式的文章区别开来，真诚地为中国民族学的发展做点实在的工作。

（1993 年 5 月）

市场，学刊身不由己

恭贺新年！恭祝圣诞！（May your Christmas and New Year's Day be
filled with love and happiness!）

——首先自然是向尊敬的作者诸君与读者朋友们拜一个 1993 年的早
年和早节。

就敝刊言，经过五个春秋的风雨历程，在上级、学界同仁的支持、
关注和首肯中，我们已感受到编刊的顺遂，学坛兴旺的端倪犹然可见，
又迎来了扑面的强劲春风。

我们一直怀有一个忠诚的愿望：使本刊成为中国西北地区民族学大
文化研究的多孔窗口和汇集学术成果与文献资料的载体之一。我们也希
冀使本刊的风格既具有传统治学的严谨扎实，又引进新潮西学的清风；
既深掘汉文文献的价值，又开发民族语文遗产的作用；既倡导新发现、
新思维、新开拓、新方法，又要着眼构建中国特色民族学大体系。所以
长篇大论我们不弃，精短的述评、手札亦更欢迎。当然，说一千、道
一万，落脚在于一个：执着追求"质量——所向无敌"的信念。因为我
们相信本刊主旨虽在各民族历史文化的学术上，但也要适应改革开放现
实的需求，因为在竞争激烈、对手林立的今天，必须以汗水的挥洒、脑

汁的绞尽为代价而换取足质产名以取悦读者。

但毋庸讳言，产品的生产者——本界学术队伍的状况正在发生着新变化：学坛宿将虽然炉火纯青，出手不凡，但终归岁时规律制约，赐稿日稀；近年登坛的一批大有前途的俊杰英才，却面迎现实，或另兼第二职业或先物质后精神，而改本"土"归新"流"了。——我们出现了"出厂"产品的质量问题！虽未造成"伪劣商品"之灾，但短斤少两、以次充优之作，也偶有登门光顾之时。新苦恼又在纠缠我们。

纵令如此，既然做人、做学问只能是老老实实，那么办刊物也只能是老老实实地办刊物，要求"质量第一"。为此，我们对于踏踏实实精益求精的论文、报告、述评……不论印刷技术有多大困难，也不计血本而创字制版，以飨读者。对于内行的具有补缺、参考价值、即时而准确的译文（外文的、民族语文的）也热情照发，毫不排外。唯对因某种需求或对学术"爬格"并无兴趣和用力的抄写，或无实证材料、只是空泛作态之作，实在无法割出宝贵篇幅予以关照。

本刊重申，对一切优秀之作不收评审费、发表费；对中青年的认真之作绝对认真爱护，辟有"学位论文选登"及其他专栏，优先处理。而对民族古籍文献的挖掘、翻译；对符合要求的田野作业考察，更是倍加珍视，一律以学术论文级对待。

在市场经济的冲击下，我们决意艰苦卓绝，于精神文明的建设中尽绵薄之力。

在改革开放的大潮中，我们更如往常，为沟通中外学术、文化交流，不惜以身为桥……

凡属民族学术精品，这里正是你一展英姿的天地。

（1992 年 11 月）

五百万字后的心态

　　10 大本刊物，终于一口气撑着办下来了，而且是在中国的大西北高原，尤其是在商品经济这个从天而降的"黄河之水"一泻千里与改革开放的时期里；坚持了 5 个春秋，印出了 500 万字，突出了中国西北古今各少数民族的研究（特别关注了东乡、保安、裕固、土、锡伯、撒拉等等），提供了新的学术信息！在丝绸古道上璀璨夺目的文化宝库——敦煌身边的这个新学术论坛上，既有费孝通、季羡林、谷苞、蔡美彪、杨志玖、杨堃、清格尔泰、赵俪生等学界一代宗师、宿将、名流论道讲学的身影；又有相当一大批活跃于当今中国学术界民族学论坛上的中青年学者、骨干们所挥洒的辛勤汗水；尤其是这个学术领域里新生的不少各民族的博士、硕士、年轻的学者、民族地区实际工作者，以后浪推前浪的气势跃上了我们这个新开辟的论坛！

　　我们的刊物除本国外，也发行到了包括阿拉伯地区在内的亚洲其他地区以及北美、南美、西欧、东欧等。

　　仅仅为了这一点实绩，我们也要为自己编织一对束儿晶莹的珠花，献给我们尊敬的作者、读者和为我们论坛默默出力的所有的上级、朋友！为了我们继续奉献下去……

我们这个学苑诞生、修建的土壤本来就处在曾一度是学术神秘而荒蛮的黄土高原；而逢时却在商品经济的洪流所带来的一切经济驱动、欲望、物质与精神文明之间的矛盾、观念上的对立等等时刻。于是挑战与机遇、希望与困惑、果实与垃圾、幸福与难受都同时对准我们袭来！而我们的编辑队伍呢？今天可以揭秘：专业工作者相当一段时间内实为一人（90%的工作靠兼职完成）！

故而这期间，有催生后的喜悦，有赔钱而为学术"积德"的自慰，有为坚持精神文明而尽责的自豪，也有受到中外学界朋友热情来信鼓励批评的陶醉；然而，更多的是奔波的辛酸，出自偏见的挑剔、指责、冷视，在挑战与机遇的刺激、诱惑中的迷茫，为做嫁衣裳而熬昏的双眼和为开拓学术而付出的完全有可能自己去"秋收"却为他人流逝的时光！

然而，我们是没有怨言和心理上的不平衡之类。

原因不难理解：要积极进取、勇于探索，就要既有勇气，又要有奉

献精神！如今，我们的学术开拓事业，获得了上级的理解和支持，有了基本经费的保证，又加强了编辑的力量；更主要的是，我们初步形成了一支老、中、青的学术力量；更获得了海内外广大读者朋友们的了解、支持和厚爱。本刊的影响正在扩大！

局面既已如此，剩下的还有什么呢？就只有在胆子再大、步子再快的改革开放事业中，坚持，探索，开辟自己的道路；在精神文明建设中尽职尽责。一句话：奉献、奉献、再奉献！

我们想，学界同仁与读者诸君所期待我们的，不正是这样吗！

（1992 年 5 月）

编辑部的说法

　　岁末将至，本刊带着为学界与读者诸君服务为本的欣喜之情，在中国人民的传统佳节春节与圣诞节前夕与大家见面，自然应有新面貌。

　　我们曾许诺本年力争改善印刷质量，以不辜负国内外学界朋友的厚爱。欣喜的是在本院领导的关怀及印刷厂协助下，我们初步实现了这一羊年善举，尽管还有美中不足留给了猴年。

　　形式是为内容服务的，刊物有特色的精美印制，是应学术的足量信息之需。着重文章质量的科学性是本刊创办伊始所奉行的宗旨之一，我们将一如既往，勤恳工作，择善选优，精心辑纳。

　　我们力争西北民族研究的最新成果与传统文献的刊布探讨；我们重视海外友好学术朋友直接来稿、赞助；我们又要开辟本学术范围之内硕士、博士论坛，以利新人涌现；我们继续企望边疆第一线实际工作者的田野考察报告。

　　本刊正酝酿在适当时机举办关于中国西北民族研究的国际学术讨论与实地考察，盼海内外热心者、同道者来信函联系，以便共同筹划。

　　本刊地处中国大西北，居于国际性蒙古学、藏学、阿尔泰学领域之前沿，更不用说敦煌学、丝路学了。那么，中国蒙古学，中国藏学，中

寻找卫拉特—西蒙古人本真的部族服饰

国的阿尔泰、突厥学，作为专学，其历史的纵向脉络；其今日的横向伸延，其今后的发展导向，应是如何？我们既认为应有专家、学者的阐述、议论；本刊也应有义务设置论坛，开展讨论。实证的微观深入研究是我们的主张，而必要的宏观的学术开拓与构建也是我们所提倡的。我们期待同道者的赐稿与支持。

中国正在加速改革开放的步伐，大西北——黄河上游各民族的生活面貌也正经历着日新月异的变化：经济走向发展、繁荣；物质到精神正发生着各种文化上的交流、撞击、影响和抉择。人类学、民族学工作者的"天下"应在民族现场。

我们认为当前的中国现实正是民族学工作者的"黄金季节"。重视田野作业，记录保存下这瞬息即逝的民族生活的时代形象，是何等的弥足珍贵！我们同样热情地期待着有实际内容的西北当代各民族生活的研究文章在本刊一展姿容。

（1991 年 11 月）

"东干学"·蒙古学·"格萨尔学"

1991 年，学者和读者诸君可以看到，本刊又开辟了一个新栏目：刊布海外友好学术同行的直接来稿。我们一向主张学术不分国界，只要符合本刊宗旨，况且我国始终坚持对外开放的政策。本期在这个栏目内集中发表了四篇文章：一为《〈东干学：历史民族学概述〉中文版前言》，作者是苏联吉尔吉斯共和国科学院通讯院士、该院东干学研究所所长、著名的苏联东干族（回族）历史学家苏三洛博士。他曾应邀访问我所。由于有共同的研究领域，我们两所将建立友好的学术交流与合作关系。他的这本专著我们已翻译为中文，将在本刊连载。这是我国回族研究学界和读者将直接读到的第一本苏联东干学者的著作。二为蒙古科学院东方学研究所博士楚·达赖教授的作品。他的文章是直接用中文撰写的。达赖博士精通中文，是蒙古著名的元史专家。同我国蒙、元史学界、蒙古学家多年来就有友好的接触与交往。三是苏联列宁格勒大学东方学系藏学专业博士纳尔马耶夫交给主编的两篇关于史诗《格萨（斯）尔》的研究文章。除一篇他个人的外，另一篇是苏联有成就的史诗专家涅克柳多夫先生的论文。

这自然是这块友好学术园地的开端。事实上，在美国、日本、东欧

1991年，苏联亡国之前，作者曾赴吉尔吉斯斯坦东干人乡庄访谈；右2为其时吉尔
吉斯斯坦科学院东干研究部主持人玛·雅·苏三洛（М·Я·СУШАНЛО），
苏氏祖籍系甘肃平凉，曾多次来访中国西北。右3为作者，右4为伊斯兰专家马通

70年代末在青海德令哈市郭勒木德乡搜集蒙古族中流传的《格斯尔》史诗，
右2为作者

及北美各国，都有研究方向属于本刊宗旨范围内的学术朋友，他们于丝路研究、西北各民族研究，或历史、或文献、或民俗、或宗教、或文学诸方面均有浓厚兴趣，与我们常有学术交流和切磋。我刊也将以极大热情译介他们的研究成果，以促进学术交流，为人类文明进步，为弘扬中华民族优秀文化尽绵薄之力。

此外，我们虽然十分尽力于提高本刊发表的所有论文、文章、文献资料的规格、质量，但毋庸讳言，出于财力、技术、设备等各方原因，本刊在印制质量上的问题仍然不少，错别字、音标不准确的现象，始终未能消除。面对作者读者，本编辑部常怀内疚。今年我们着手力图克服这一不足，进一步提高刊物质量，更好地为学术与读者服务。

本刊恭候重头力作，不压稿！不拖期！

本刊尤欢迎有内容的田野调查材料和少数民族文字文献的译稿，随到随用！

（1991 年 5 月）

链接：

> 清末"东干人"被逼迫离开"老家老舍"时没能带走汉文，却把陕甘汉语方言当做"父母语"牢牢守住不放，虽经阿拉伯－拉丁、最终用基里尔（俄文）字母创造了所谓"东干"文字，把清末色彩的汉语，保存至今；是他们把这种清末农民的口语，继承、发展成为他们当今的文学语言。

东干妇女节日服饰

作者作为该书译者之一发言

在本刊的一亩三分地里

本刊宗旨范围内的有关学科，我们曾多次有过说明。每期发表、刊布的成果、文献与资料，可以看出有两种情况：一是本编辑部专门的安排，旨在有意提倡、扶持、提供某些领域的学术信息；另一种情况则是不得已而为之，它自然地反映出了某些学科当前的研究水平或开展的规模与程度：或原已有基础，成果累累；或早已形成一支队伍，已有较深入的微观成果；或原系空白，现在在提倡正在兴起，始处宏观议论与描述阶段等等。这种不平衡是西北民族学界历史与现实的真实，应该是可以理解的。

我们注意发挥原有优势：开展对回族及伊斯兰宗教的研究（包括苏联"东干"族）。

我们有意倡导在藏学方面的本土研究，即以甘、青为主的安多藏族的探讨；我们也尽力提倡整体"西蒙古—卫拉特学"的构建与综合研究（含苏联卡尔梅克）；阿尔泰学、突厥学和中亚研究，总体上论题范围与研究力量相对看比前二者大且强。我们努力组织对西北特有（人口较少）民族——东乡、保安、裕固、土、撒拉、锡伯等民族各方面研究的开展，但成果的涌现，仍然受学术发展规律及其研究水平、力量本身的制约。

我们曾一再提出凡在本刊发表的作品，须或有新观点，或有新材料，或有新方法，或有新开拓。当然，我们也为民族文献、古籍、史料的刊布大辟园地。

我们的主张与办刊方针得到了学界同仁的赞成和支持。自然，平庸之作的间或出现并非我们心甘情愿。

我们努力从 1991 年开始争取使刊物的质量再有提高：一是指作品的质量；一是指刊物的编排、装帧、设计与印刷。当然由于经济条件所限，对于后者我们往往碰到不少困难，改善只能是逐步的。我们有此信心。原因是本刊越来越受到中外学界的关心、注目；同时来稿范围不断扩大，来稿内容日益丰富，一些国外的学术朋友也直接赐稿本刊，增加了刊物的信息量，这是我们十分欣喜的。对于这种关心、注目与赐寄来稿，我们在深致谢忱的同时，也意识到它增加了我们办好这块学术园地的责任感。我们期待着更多学界朋友的支持与批评！

辞旧迎新，本刊向中外学界同仁和中外读者诸君致以真挚敬意！

（1990 年 12 月）

裕固末代大头目，首任　　　裕固族老人传统服饰
自治县县长　贯布什嘉

大头目夫人用东部与古语讲《格塞尔》故事1978年，后立者中
为郝苏民

青海撒拉人的传统婚礼（青海循化县）

最善锻打腰刀的甘肃保安族幸亏没走上机械化，产品是用品，也是艺术品

学院 40 年

从天山脚下到呼伦贝尔大草原,由塞北江南至青藏高原,活跃着一支始于 50 年代延绵 40 个春秋,并将不断茁壮成长的少数民族各类干部的大军。在这支政治、技术人才的行列里,有数以万计的人是从她们的摇篮——地处兰州的西北民族学院里成长起来并走到各条战线上去的。母校已迈过了 40 个春秋,这 40 年的路,几乎是和新中国的成长道路同时蜿蜒在我们的面前。40 年有过曲折,也有过风雨,但毕竟在旧中国民族人才荒芜的莽原上,是中国共产党首创的西北民族学院用她丰硕的桃李,点缀了各民族建设自己历史的春天!今天,抚今追昔,我们可以无愧地说:西北民院 40 年的道路,同样是一条灿烂而光荣的历程!

我们看到,在这支民族人才的大军里,母校为共和国贡献过她光荣的英雄、烈士,也输送出了数以千计的各民族第一代的教授、学者、艺术家、作家、工程师、专家以及政治家和社会活动家。不仅如此,母校更为各民族人民培养出了成千上万的勤勤恳恳而又默默无闻地为改变家乡面貌、实现祖国"四化"而努力的第一线干部!

我们的母校——西北民院用 40 年的辛勤汗水谱写了她可以名垂中国教育史的光辉一页!

花儿，大西北10个民族民众共用甘青方言汉语演唱的民歌

    时值她诞生40周年的日子，我们向她奉献上这个精心编织的学术花环。本刊用今年第1、2期的浩大篇幅，计100万字刊载最新成果。这里有在校的教师及出身于这个摇篮的校友们的大作；也有民族学战线上的友好人士与朋友们用他们或第一次公开刊布的新文献、新材料或重头力作所馈赠的一份礼品。

    我们感谢老一辈革命家及上级有关领导对西北民院的一贯关怀，感谢他们为本刊创办40周年的题词！我们向各民族同胞及其学者、专家致意！

    我们用我们的专号向母校表达西北民族研究所及本刊编辑部全体同仁的美好的祝愿！

（1990年6月）

面向内外学界

　　我们要继续坚持为人民服务、为社会主义服务的方向和百花齐放、百家争鸣的方针，繁荣和发展科学文化事业。要积极吸收我国历史文化和外国文化中的一切优秀成果，坚决摒弃一切封建的、资本主义的文化糟粕和精神垃圾。当前在这个问题上，要特别注意反对那种全盘否定中国传统文化的民族虚无主义和崇洋媚外思想（江泽民总书记在国庆 40 周年大会上的讲话）。

　　开发西北宝地、复兴中华民族，我们一贯坚持以发表西北民族历史、文化的研究成果为己任。1989 年，我们仍然欣喜地看到我刊的作者、读者和众多的中外刊友们与我们真诚合作，一如既往地开辟着这块崭新的学术园地。苏联科学院东方学研究所的雅茨科夫斯卡娅博士给我们寄赠了不少他们的新成果，《苏联蒙古学（1927—1987）》即为其中之一。日本东京外国语大学亚非语言文化研究所副教授，活跃的西蒙古史学者中见立夫先生为我们寄赠了他们的学刊及他个人的新作。美国西雅图华盛顿大学国际研究院中国史教授陈学霖先生给我们惠赠了他的力作……而在国内西北边疆学界的元老们、中年骨干们、新秀们更是以极大的热情不断赐我刊以力作、新作，凡此都为我刊增光添色，使我们在艰苦的创业中不断进步，有所提高，从而日益引起海内外学界的关注。为此，我们编刊人员在新春到来之际，真挚地向关心过本刊的诸学术同仁和热情的读者、订户，致以深深的谢忱！

回顾两年来本刊所走的路程，在以致力于西北各民族历史文化研究为宗旨的办刊思想指导下，我们刊布的成果、资料，涉及西北大地上的古代族群，更触及今天的各兄弟民族；我们注重到了藏学，尤其是安多部分；蒙古学，尤其是卫拉特部分；突厥学以及对中亚的研究；也涉及回族以及东乡族、土族、保安族、撒拉族等等人口特别少的各民族的探讨、研究。我们始终不忘各民族古籍文献、文物、遗存的挖掘介绍；更倡导了来自田野第一线的实地考察报告的公布；我们既厚古更重今，即依靠我国学者优秀成果的支持，也欢迎海外各国各地区友好学者们对最新成就和学术动向的推荐、介绍。凡此种种，都是旨在积极吸收我国历史文化和外国文化中的一切优秀成果，繁荣和发展科学文化事业，为推动中国大西北的开发和四化建设而努力。

我们始终不渝地追求一个目标：将本刊办成高质量的学刊。我们严肃办刊，努力进取；我们更衷心地期待着来自国内外各学术友好们的支持、帮助！

（1989 年 12 月）

50年代初彭德怀到新创办的西北民族
学院看望各族师生

朱德到西北民院

塞种·突厥·丝路到多元

如果说塞种曾活动于欧亚内陆西部和东部，而东部之活动不仅长久，且又保留了较多有关其历史踪迹的资料的话，那么，中外历史学、民族学、考古学以至语言学诸学者们同时对这一课题产生浓厚兴趣，就成为十分自然的事了。其中尤其诱人的是，我国不仅在典籍上对后者的有关记述比较翔实，而且田野方面不断发现的文化遗存、考古资料，都足以促进我们进行综合的、多角度的深入考察与研究。本刊这一期集中发表了有关此类的一组探讨文章，加之用专栏刊载有关突厥、西域、中亚、丝路和伊斯兰研究，用心是显而易见的，无非是想通过我们这块论坛，在认真做一些中国大西北源远流长而又丰富多彩的历史和多元文化的清理、考察、比较、研究和思考的工作上，尽点绵薄之力而已。

既然课题本体是这样一项丰厚而非单一的工程，那么，这种开拓、研究不仅要靠我国各民族各学科学者各依所长地创造性活动，而且也要促进各国学者之间成果的交流和携手努力。我们的观点无外乎是出于科学本身是没有国界的，学术面前自然又是人人平等、自由的；集代代人的努力和人类共同智慧的结晶，人类的进步与文明才是光辉灿烂的这一理由。本刊在人力财力有限的条件下艰苦办刊，也是出于对科学的这种

和著名老艺术教育家常莎娜女士（敦煌学奠基人常书鸿女公子）

献身精神。为此，我们再次呼吁学者专家们，请赐予我们以新材料、新方法、新观点所取得的新硕果，以便公布于世。我们非常珍视对各民族文字文献典籍的整理和挖掘，本刊甘做这种桥梁。《蒙古佛教史》的发表即基于这种倡导。藏文、突厥等各文字和托忒、回鹘蒙文中尚有不少名著未能介绍，然而却是学界迫切需要的，我们翘首以待这类大作的高明汉译为本刊增光添色。本刊当然认真执行"百家争鸣"的方针，更提倡以科学的态度，平等地、互相尊重地就学术本身进行文明对话。

我们仍然要满腔热忱地表示：本刊忠实地为学术进步服务，为弘扬中国大西北历史文化和推进现代化服务。本刊对各位专家学者，对各国友好学者们的支持、合作是由衷感激的。

（1989 年 6 月）

大西北：文化大资源

　　近世的中国大西北，是文化经济落后的代名词，然而恰恰是这块广袤的黄土地，又是中外有识之士心荡神驰的神秘天地：秘室经卷、石窟壁画、沙漠上的遗址墓葬、戈壁滩的残碑古城。不仅昔日丝绸古道上商队贸易情景的各种文字记载、文物比比皆是，更有各民族威武壮烈的英雄史诗口耳传承、至今不衰。五千年的黄土文化正是中华民族文化的发源地，这又怎能不令学者们心醉神迷而倾心向往！

　　可以肯定的是，自古至今这里的文化景观并非瀚海荒漠，而是多元的、丰富的、灿烂的。在很长一个历史时期内，这里又曾是中外、东西方各民族文化交汇的枢纽。丝路的畅行，中亚的沟通，以及被誉为"麝香之路"的甘、青高原藏族文化；回民起义、伊斯兰的发展，民族迁徙，帝国征战，都使国际学界的蒙古学、中亚突厥研究、藏学、吐鲁番—敦煌学、西夏学及至丝路学、格萨尔学、西北边疆研究等等学科，层出不穷，方兴未艾。而今日，中国大西北虽然落伍了，贫困了，但始终潜藏着这类热门研究的学术魅力。这正如 R.M. 基辛所说：丰富的文化差异是一种极其重要的人类资源。

　　然而，世界文化毕竟已日新月异，建立我们自己新文化体系的任务已摆在面前。对传统文化的反思激发了我们重新崛起的决心。中国要现代化，大西北要开发，诞生并根植于这块土地上的学术刊物，当以西北民族历史文化研究为己任。正是本着这种神圣宗旨我们精心编排着刊物的内容。关于中国的藏学、蒙古学新体系应如何构建？我们希望有从宏观角度对此加以探讨的大作在此披露以开展讨论；我们也期望不断收到人类学、民族学、社会学、民俗学专家、工作者来自学术前沿的田野考察，以推动我们的科学实践。我们欣喜地看到，1988 年在学界友好的支持、帮助下，我们的刊物以她的真诚服务和不断革新的面貌与海内外同道者所相识，所交往，并日益建立着密切的学术联系。苏联、蒙古、匈牙利、捷克以及联邦德国、美国、法国、丹麦、日本的东方学者们与我们相识了，并表示了进行友好交流的愿望。我们全体办刊人在默默辛勤劳作的同时感到一种献身的自慰。

我们热切希望继续得到学界元老们的力作，学术新人们的争鸣、突破；我们也期待着海内外热爱祖国大西北的实业家们的帮助；我们也盼望着与各国友好学术团体建立联系，交换、交流学术成果。各地负责人与改革家们的批评、指正将会促使我们不断改进工作。

在各方的热心扶持下，我们有信心在 1989 年以更新的面貌迎接我们的学术同仁和各民族热情的读者。

（1988 年 12 月）

骆驼卧而不起：太累了需稍息

50年代初习仲勋多次亲莅西北民院指导工作，这是为各校青年
签字留念

西北刊人办刊

一个事实摆在面前：中国的全面改革和开放，的确也使我们的民族精神获得了新的解放。变革、开拓已成潮流。一向闭塞落后的中国大西北，也涌进了这股潮流，这片广袤而神奇的土地也将成为中国经济开发的基地之一。

世界正在走向中国，中国的大西北也必须走向世界。

大西北，在历史上，在当代，都是一个多民族的领域。促进各民族的共同繁荣，是关系到中国命运的重大问题。大西北的每个兄弟民族将向何处去？民族经济应如何实现腾飞？我们对自己历史的任何因果、基因应如何辨析、论证、反思和概括？今天我们又面临着总体文化上的冲突与抉择的现实！的确，"生动的实践，为我们进行创造性的理论概括提供了取之不竭的源泉"。然而，我们也深切地体会到中国的改革在充满活力和希望的同时，也必然有风险和重重困难。

我们需要无畏地思考，勇敢地探索；需要以巨大的热情和创造精神来研究我们的历史、传统文化以及面临的一个个新课题。

我们痛感自己的时代使命和肩头重任。《西北民族研究》这块学术园地正是为西北各民族社科、人文工作者，也为关心西北民族地区的开发、建设的全国民族学工作者开辟的。当然，处于开放时期，直面信息时代，对研究中国大西北少数民族有兴趣的各国友好学者，关心祖国大西北开发、建设的华人专家，我们的园地自然也有他们的一席地盘。科学是无疆界的，它无疑是宝贵的财富，利于人类共同进步与发展的学术创作，我们是竭诚欢迎并愿真诚合作的。

我们在垦殖这块园地的过程中，得到了上级关怀，各族学术同仁以主人翁态度给我们以真挚帮助和支持，国内不少老一辈学者、国外许多学界名流、朋友为本刊诞生献策献计，教授、专家们以力作精品为本园地增光添色，凡此都使我们编辑部全体同事感动不已。

面对这种鼓励，我们有一个真诚愿望：用汗水耕耘这块来之不易的园地，以严肃认真的学风作为编辑工作的准则，为作者、读者热忱服务。

我们有一种追求：努力使这块园地成为西北民族地区特有学术产品、优质产品和创新产品茁壮成长的沃土。涉及中国西北、民族研究的传统学科、新型学科及其支学都属我们经营范围。我们更注目于对社会主义初级阶段民族问题中那类最现实、最迫切课题的研究和探讨。

我们有一种看法和主张：对国际性传统学科中各类问题的研究，力主有创见、有突破（或观点，或资料）之作开放在我们的园地里；对于现实迫切问题的探讨，力主用严谨的科学态度、方法去对待。因此，我们对认真用民族学、社会学方法进行的田野考察，无论是其报告、材料甚至是数据，都热忱欢迎。

我们需要开拓思维空间，加强中外学术思想的沟通和交流。我们也重视对各民族文字古籍、文献的发掘、整理、介绍和研究。

这里是一个立足于西北，面向中国，力争与国际学术界平等对话的论坛。因此，我们是开放的，外向的，不断革新的，我们不希望平庸、陈旧、空泛、教条之作出现在这里，以免贻误事业，浪费读者宝贵的时间。

开发西北，建设家乡，培养人才，提高全民族的文化素质，是我们各族同胞自己的百年大计。我们热切地期望着各民族地区的领导人，各族企、实业家赐我们刊物以真诚的关怀和支持！

我们要团结实干，做大西北各族社科、人文工作者的忠实朋友；我们也要努力内外结合，横向联系，以期联合经营我们的园地。为此，我们诚恳地欢迎海内外学界友好团体、学人诸君各种形式的合作、帮助！

我们全体办刊人谨向关心过、支持过我们并对我们抱以期望的上级领导、尊敬的作者、敬爱的读者朋友们致意！

我们是科学事业的追求者，也是您可信赖的同行者。请伸出您的友谊之手，为中国的腾飞，为学术事业的推进做我们园地的赞助者！批评家！

愿垦殖这块新园地成为我们的共同事业！

（1988 年 5 月）

费孝通先生为本刊创办题词

亮相： ——80 年代的卷头语

当代中国正迎着世界新技术革命的兴起而腾飞。

举国上下呈现一派团结奋斗再展宏图的活跃景象。

处在活跃的祖国一角的大西北，是当前中国经济所要开发的最重要基地。

开发大西北，举世瞩目！中国西部将发生深刻的历史变革！

中国大西北——这 320 多万平方公里大地上的近 20 个世居兄弟民族，在建设两个文明的时代潮流中正急起直追，迎头疾赶。

为适应新形势，西北民族文化教育工作者，必须做出迎接并推动中国大西北各民族社会科学研究大发展的宏观设想。《西北民族研究》就是这条学术战线"多出好的精神产品"的一个新园地。我们着眼于西北民族地区的开发和开放，以开拓精神去垦殖中国民族学的研究空间。我们是"西北学"的当然追踪者，但更是新西北学的开拓者！当今科学正日趋高度分化和综合，各学科相互渗透和结合，崭新学科和分支学科层出不穷，面对这种现实，我们提倡以新思想、新材料、新方法、新语言和新形式开展多角度、多侧面及边缘交叉学科的探索、研究。

《西北民族研究》将高举"双百"方针的旗帜，广开言路，支持创新；不同学术观点、不同学术流派，都将在此受到尊重并得到发表的机会。我们敬重老一辈的专家学者，更热衷于扶持各族学术新人；对敢于冲破陈说、确有真知灼见的新论，当优先刊布。举凡大西北各民族政治、经济、哲学、历史、宗教、考古、教育、民俗、古籍文物、语言文字、文学艺术抑或专门学科如北方三大史诗的研究、专论，均竭诚欢迎。

《西北民族研究》是西北地区社会科学领域中的新园地，她为在"西北学"这块大地上辛勤耕耘的各民族社科工作者服务；她与中亚研究、西藏学、蒙古学以及突厥学、西夏学、敦煌学等学科既然关系密切，当然也殷切希望得到海内外专家和学术同仁的支持。她将努力使自己成为更高质量的学术期刊为我国四化建设做出积极贡献。

为此，我们热切欢迎区内外、国内外专家学者的不吝赐稿，也欢迎海内外各界人士、团体以各种形式给予协助。

（1986 年 6 月）

跋

　　郝苏民教授夙以治蒙古族、蒙古语族各族群、西北各民族语言、民俗、民间文化著称学界，对八思巴蒙古文献的整理与研究堪称卓然大家，在这些领域的贡献久已为人所知，自毋庸置喙。先生早年对古八思巴蒙古文字下过不小工夫，他在这方面的成就至今仍受到学界关注而不断重提。由于先生在人类学、民族学、民俗学方面的成绩既多又突出，人多视先生为研究蒙、藏、穆斯林族群的大家。其实先生的学问至今仍难尽窥涯岸，实则他在文学创作甚至艺术创作方面亦具极深的修养。

　　呈现在读者面前的是七十七篇先生近三十年的学术类文艺随笔的汇集。天增岁月，地入时轮，这些文章正如沧海遗珠，经过岁月的洗礼和沉淀，绝不是消遣的文字和时髦的话题，而是对人文思想的严肃拷问，是对人类智慧的深切关注，透出的是理性的声音。先生特有的文化眼光、人文感觉（尤其对少数民族问题的敏锐思考，这是缘自具有同样民族心理、民族感情才能准确周全地把握）都是很有生命热度的，因而随笔写得底气充沛、淋漓酣畅，不仅表现出驾驭材料评判得失的洞察力，而且宏大的视野，鲜活的文字都是超常的。先生学术眼光之新锐，用现在流行语可谓颇具问题意识。文中各种文献材料运用的娴熟，表现出少有的恢宏格局，先生博览群书，多得精义，文中所引各类资料，皆烂熟于胸，信手拈来，挥洒自如，妥帖有致，在在有据，令人叹服。再次印证先生治学所具有的大眼界、大器局。

公众之所以对专家、学者这一群体寄于祈望，希望能有一个中立的、权威的群体站在独立的学术立场上发表意见并能站出来说公道话。郝苏民先生的随笔体现了先生并没丢掉学者的身份，更没有丧失学者的风骨。不卑不亢，实事求是，坦然自信，拓展眼界。有良知的知识分子绝不因权势而放弃真理，也不因无知偏见而木然无语。一个人如果没有人生的体会，对过去的历史就无法理解；如果没有跌宕坎坷的切身体会，就不会有刻骨铭心的感觉，就不会接近历史真相。

我因提议并加入编选书事，先生便因此嘱我作书跋，尽管以我学养之根柢，难膺此任，但身为先生私淑弟子又不容托辞，只得硬着头皮勉力为之。祈望郝先生的随笔或许能给真正对塞北少数民族文化感兴趣的人带来一些共鸣与收获。《骆蹄梦痕》的出版，不仅可以让读者概见先生学术见地，了解先生学术思想，亦可成为今后从事学术研究的一面镜子。

《骆蹄梦痕》荟萃了郝先生近三十年的学术随笔。感谢中国社会科学出版社决定将先生的这部学术随笔集付之枣梨，编审田文女士、责任编辑王斌先生为此书的出版出谋划策，殚精竭虑，其情可感，特此以表谢忱。先生指导的博士生金蕊同学在照片的取舍、材料的整理方面也付出了不少努力，在此一并感谢。

写到这里，权作我拜读先生《骆蹄梦痕》的点滴体会，对读者深入了解先生的学术成就能有所助益，然而管窥之见不尽惬当，挂一漏万在所难免，敬冀方家学者教正。

愚晚 霍城多洛肯
癸巳年十一月于金城五泉山下